Travemünde: Tod

Anke Gebert arbeitete in verschiedenen Berufen, bevor sie Autorin von Krimis, Romanen und Biografien wurde. Sie studierte am Deutschen Institut für Literatur in Leipzig, siedelte vor dem Mauerfall nach Hamburg um und absolvierte hier das Masterstudium Film mit dem Schwerpunkt Drehbuch. Anke Gebert hat zwei Schreibtische – einen in Hamburg und einen in Travemünde.

Für Jan-Martin und Ralf

Das Schnellste auf Erden
ist der Übergang
vom Guten zum Bösen.
Gotthold Ephraim Lessing

FREITAG

1

Nina hielt ihren Regenschirm gegen den Wind. Er klappte um. Als sie ihn wieder aufgespannt hatte, riss ihr eine Windböe den Schirm aus der Hand. Er flog in Richtung Trave, wo er erst den Bug der »Marittima« streifte und dann mit den ablandigen Wellen in Richtung Ostsee trieb. Nina musste lachen. Sie brauchte keinen Schirm, niemand brauchte heute einen Schirm, denn durch den Wind kam der Regen von allen Seiten.

Nina wollte eigentlich weg aus Travemünde. Weshalb war sie immer noch hier? Ein Spaziergang am Wasser würde ihr helfen, endlich eine Entscheidung zu treffen.

Es war fast Mitte Juli, mitten in der Hochsaison, die Travepromenade wirkte wie leer gefegt. Seit Wochen war es bis auf wenige Unterbrechungen so kalt und regnerisch, dass einige Restaurants, die vor allem Außenplätze hatten, nicht mehr öffneten. Die meisten Einheimischen und Urlauber hatten kaum noch ein anderes Thema als das Wetter. Manche reisten eher ab oder gar nicht erst an. Ein Alptraum für Hotel- und Restaurantbetreiber an der Ostsee.

Nina war die einzige Spaziergängerin auf der Strandpromenade, und trotzdem war sie nicht allein. Bis zur Kaiserallee auf Höhe des Columbia-Hotels bauten Handwerker und Aussteller unter Hochdruck Bühnen, Zelte und Büdchen auf. Am morgigen Abend begann die Travemünder Woche. Bis zu eine Million Besucher würde diese Veranstaltung innerhalb der kommenden zehn Tage anziehen. Gleichgültig, bei welchem Wetter sie stattfand. So viele Menschen waren ein guter Vorwand, wenigstens für diese Zeit Travemünde zu verlassen. Jan würde Nina verstehen, ihre Mutter ebenfalls.

Auch andere, die in Travemünde lebten, entflohen ihrem Zuhause, bevor das große Spektakel eröffnet wurde, und kehrten frühestens zum Abschlussfeuerwerk zurück. So wie auch einige Kölner ihre Stadt verließen, wenn der Karneval begann. Ironischerweise reisten viele dieser Karnevalsflüchtlinge im Februar nach Travemünde. Wohin reisten Travemünder, wenn sie die zehn Tage Travemünder Woche überbrücken wollten?

Nina wusste es nicht, und es war ihr auch gleichgültig. So wie ihr die Travemünder Woche gleichgültig war. Der Lärm der vielen gleichzeitig stattfindenden Konzerte und der Stunde um Stunde in Kolonne durch den Ort ziehenden Menschen betraf nur diejenigen, die in der vordersten Reihe an Trave und Ostsee wohnten. Nicht ihre Mutter, die ihr Haus am Kirchplatz hatte, in dem auch Nina jetzt wieder wohnte. Nicht Jan, dessen Wohnung, in der Nina häufig übernachtete, am Hafen lag.

Nina hoffte für die Aussteller, die bei diesem schlechten Wetter ihre Stände aufbauten, dass es endlich sonnig und warm würde, damit sie bei den sehr hohen Standmieten genügend Umsatz machten, wenn sie zehn Tage lang von morgens bis nachts Getränke, Essen, Schmuck und vieles mehr anboten. Und den Seglern guten Wind für die Regatten.

Sie selbst könnte währenddessen ihren Aufenthalt in Hamburg nutzen, um nachzudenken. Ein Jahr lang war sie bereits in Travemünde, seit ihre Mutter es mit der Bandscheibe hatte und Jan ihr ab und zu einen kleinen Auftrag vermittelte, nachdem Nina im vergangenen Jahr unvorhergesehen seine Ermittlerin in einem Mordfall geworden war. Ninas Mutter ging es inzwischen gesundheitlich wieder besser, sodass Nina keine Wohnungen mehr an ihrer Stelle in der Maritim-Residenz putzen musste. Wenn Nina allerdings andeutete, endgültig nach Hamburg zurückkehren zu wollen, dann litt ihre Mutter schlagartig unter Rückenproblemen. Nina wusste, dass sie die Schmerzen nur vorgab, sie wusste außerdem, dass Jan ihr in den vergangenen Monaten die kleinen Aufträge für Nachforschungen für ihn als Anwalt nur vermittelt hatte, damit sie bei ihm in Travemünde blieb.

Je weiter Nina die Strandpromenade ging, desto entschlossener wurde sie, noch heute zurück nach Hamburg zu fahren. Sie brauchte endlich Abstand. Von diesem Blick auf die Ostsee, obwohl sie den so sehr liebte. Von ihrer Mutter und Jan, wenn sie endlich herausfinden wollte, wie es in ihrem Leben weitergehen konnte. Jan und sie waren heute Abend zur Eröffnung der Travemünder Woche im Medienzelt verabredet. Nina beschloss abzusagen.

Die »Finnlines« fuhr hinaus. Es schien, als würde sie im Dunst, den der Regen vom Wasser aufsteigen ließ, verschwinden. Wie viele große Schiffe hatte Nina schon Travemünde verlassen sehen? Seit sie Kind war, wohl unzählige. Sie liebte diesen Anblick immer noch, doch würde sie es lieben, in Travemünde zu leben?

Ein Handwerker, der trotz des Regens nur ein Muskelshirt über seinen kunstvoll tätowierten Armen trug, hielt beim Verlegen von Brettern für eine Bühne inne und pfiff, als Nina an ihm und seinem Kollegen vorbeiging. Nina lächelte, denn ihr fiel ein, was mal jemand entgegnet hatte, nachdem sie sich über Bauarbeiter, die ihr nachpfiffen, beschwerte: Wenn der Tag kommt, an dem Bauarbeiter das nicht mehr tun, *dann* solle sie sich beschweren.

Mit kleinen Baggern wurden immer mehr weiße Häuschen herangefahren und in freien Lücken auf der Strandpromenade aufgestellt. Alle waren mit Nummern versehen, die meisten noch verschlossen. An manchen hatten die Aussteller ihre Autos geparkt und luden die Waren aus, die sie während der nächsten Tage feilbieten wollten. Taschen, Gürtel, aus Holz geschnitzte Tiere. Schmuck und nochmals Schmuck. Waffeleisen, Weinkisten, eine etwa drei Meter hohe, aufblasbare Aperolflasche, die für den Aperol-Spritz-Verkauf werben sollte. In einem weißen Zelt richteten sich bei lauter Musik zwei junge Männer ein, um während der kommenden zehn Tage Piercings anzubieten. In einem anderen Zelt konnte man sich Tattoos stechen lassen. Wie viele Leute würden nach einer durchzechten Nacht während der Travemünder Woche morgens aufwachen und feststellen, dass sie ein Tattoo hatten oder gepierct waren?

Die Strandoase, das kleine Getränkehäuschen auf Höhe Brügmanngarten, an dem man das ganze Jahr über sitzen und bei einem Getränk bei schönster Abendsonne einen eindrucksvollen Ausblick über die Ostsee haben konnte, war geschlossen, weil bei diesem Regen und Wind niemand hier hätte haltmachen wollen. Auf der Wiese dahinter bauten einheimische Getränke- und Imbissbudenbetreiber ihre Wagen auf, um Würste und Bier zu verkaufen. Dazwischen stand ein kleines Holzhaus, das aus dem Rahmen fiel, weil es zwischen den fast ausnahmslos schneeweißen Hütten wie ein Hexenhaus anmutete. Es war braun und mit eigentümlichen Ornamenten verziert. Die Tür so niedrig und schmal wie bei einem Kinderspielhaus. Das Fenster von innen mit einem dunkelblauen, mit Mond und Sternen bedruckten Stoff abgehängt. An der Tür klebte ein DIN-A3-großer Zettel: »Wahrsagerin Rosa Rialto – Horoskope, Kaffeesatzlesen, Handdeutung. Bitte vereinbaren Sie einen Termin!«

Es war, als würde es Nina zu diesem Häuschen ziehen. Bereits im vergangenen Jahr hatte sie während der Travemünder Woche und während der Jahreswende, als hier am Brügmanngarten ebenfalls tagelang gefeiert wurde, davorgestanden. Vielleicht würde eine Hellseherin in Ninas Händen oder im Kaffeesatz lesen können, was in Zukunft das Beste für Nina wäre. Oder wenigstens das Richtige. Denn Nina wusste es nicht.

Eine kleine Frau mit einem gewaltigen Busen über dem dicken Bauch trat aus dem Hexenhaus heraus. Die langen, schwarz gefärbten Haare zerzaust. Das Gesicht ungeschminkt. Die Augen dunkel und sehr lebendig.

»Ab morgen bin ich für Sie da!«, sagte sie und rollte ein Stück Kunstrasen im Matsch vor ihrem Häuschen aus.

»Morgen werde ich leider nicht mehr hier sein. Könnte ich vielleicht schon heute einen Termin bekommen?«, fragte Nina.

»Kindchen«, sagte Rosa Rialto, nachdem sie sich etwas schwerfällig wieder aufgerichtet hatte. »Ich muss erst mal meinen Arbeitsplatz vernünftig herrichten, sonst funktioniert meine Kunst nicht. Ich bin die ganzen zehn Tage der

Travemünder Woche hier. Vielleicht kommst du ja noch mal wieder.«

Nina schüttelte den Kopf.

»Ab morgen früh um elf«, fügte Rosa Rialto hinzu. »Du wärst die Erste, wenn du jetzt einen Termin ausmachst. Danach geht es Schlag auf Schlag. Ich habe hier viele Stammkunden, weißt du. Man kennt mich aus Film und Fernsehen. Nutze die Gelegenheit. Das Wetter wird ab morgen schön. Du solltest hierbleiben!«

Nina sah in den Regen. Es war auch für die nächsten Tage schlechtes Wetter angesagt.

»Ich werde während der gesamten Travemünder Woche weg sein.«

»Warten wir es ab«, entgegnete die Wahrsagerin.

Nina musste plötzlich lachen, denn ihr wurde das Bild bewusst, das die Hellseherin und sie auf dieser matschigen Wiese stehend abgaben. Ninas lange blonde Haare hingen noch nasser und zerzauster an ihr herunter, als es die dunklen Haare der Hellseherin inzwischen taten.

Ninas Handy klingelte. Rosa Rialto wandte sich augenblicklich von ihr ab und verschwand in ihrem Holzhaus.

Nina sah auf das Display. Jan. Sie wollte jetzt nicht mit ihm sprechen, denn dann müsste sie ihm mitteilen, dass sie vorhatte, nach Hamburg zu fahren, und drückte den Anruf weg.

Sie stand im Regen und sah sich um. Wohin sollte sie gehen? Sie musste sich endlich entscheiden.

Sie schlenderte über die Wiese in Richtung Strandbahnhof. Ihre Jeans waren mittlerweile bis zu den Knien nass. Ihre Sneakers durchweicht. Unvorstellbar, dass es Mitte Juli war. Unvorstellbar, dass jemals wieder die Sonne scheinen würde.

Im Hotel A-Rosa standen Urlaubsgäste in den Türen zu ihren Balkons und sahen in Richtung Strand. Wie viel zahlten sie wohl pro Person und Nacht, um ihren Urlaub hier zu verbringen? Bei diesem Wetter. Doch die Gäste im A-Rosa hatten es bei jedem Wetter gut, denn das Hotel verfügte über großzügige Wellnessoasen und unterschiedlichste Angebote, sich auch im Haus die Zeit gut zu vertreiben. Als Nina am Hotel Columbia vorbeiging, irritierte sie erneut, dass sich das traditionsreiche Casino nicht mehr darin befand, weil es nach Lübeck verlegt worden war. Am Busbahnhof war vor Wochen eine schäbige Häuserzeile abgerissen worden. Der Schutt wurde gerade abgeräumt. Die große Uhr am Strandbahnhof zeigte an, wann der nächste Zug nach Lübeck fuhr.

Ninas Handy klingelte erneut. Sie eilte unter das Vordach des Bahnhofseingangs. Sie würde Jan jetzt sagen, dass sie vorhatte, erst mal nur die kommenden zehn Tage, während der Travemünder Woche, nach Hamburg zu fahren.

Doch es war Jans Rechtsanwaltsgehilfin, die anrief.

»Herr Andresen bittet Sie dringend, in sein Büro zu kommen. Er hat einen Auftrag für Sie.«

»Jetzt?«, fragte Nina.

»Jetzt.«

2

Was sollte der abschätzige Blick der Anwaltsgehilfin, als sie völlig durchnässt in Jans Büro eilte? Kurz darauf verstand Nina. Jan war nicht allein. Ihm gegenüber saß eine Frau, offensichtlich eine Mandantin. So elegant, wie sie gekleidet war, vermutlich eine wichtige Mandantin. Eine, die einen Auftrag für Nina hatte? Der sich jetzt wohl erledigt hatte, so, wie sie hier aufkreuzte. Jan machte die beiden Frauen miteinander bekannt.

»Vera Schwab, Nina Wagner.«

Vera Schwab blieb sitzen und reichte Nina die Hand.

»Sie sind das also. Ich habe schon einiges über Sie gehört.«

Nina versuchte, sich für ihren Aufzug zu entschuldigen. Der Regen, der Wind, und hätte sie gewusst, dass …

Vera Schwab sah beiläufig auf ihre Cartier-Armbanduhr.

Etwas aufgesetzt lächelnd bot Jan Nina den Stuhl neben Vera Schwab an.

»Frau Schwab ist aus Hamburg gekommen, weil sie dich mit etwas beauftragen möchte.«

Vera Schwab wandte sich Nina zu und musterte sie.

»Aber wie ich sehe, sind Sie bereits damit ausgelastet, hinter jemandem her zu sein.«

Nina strich sich unwillkürlich die nassen Haare zurück. Um ihre Sneakers herum bildeten sich Pfützen. Ja, hinter mir selbst bin ich her, dachte sie und schüttelte den Kopf.

»Ich habe gerade einen Auftrag beendet. Nur noch ein Protokoll, danach hätte ich Zeit.«

»Erfolgreich beendet?«, fragte Vera Schwab.

Bevor Nina die Frage bejahen konnte, sagte Jan: »Frau Schwab hat etwas über deine Arbeit im Fall Elisabeth Bergmann gehört. Sie möchte, dass du in den nächsten Tagen ihren Mann observierst.«

»In Hamburg?«, fragte Nina.

Vielleicht wurde ihr gerade ein Grund geliefert, Travemünde

ohne einen Vorwand zu verlassen. Gleichzeitig war die Vorstellung, in einer großen Stadt wie Hamburg als Ermittlerin tätig zu werden, besorgniserregend. Obwohl Nina dort seit Jahren wohnte, kannte sie sich dort längst nicht so gut aus wie in ihrem Heimatort Travemünde.

»Nein, in Travemünde«, entgegnete Vera Schwab. »Ich brauche jemanden, der sich hier gut auskennt. Bei allem Respekt, in Hamburg hätte ich mir jemand gesucht, der sich dort gut auskennt.«

Na prima, dachte Nina, deshalb schien Jan also so erfreut. Einige Observationen, die sie für ihn in den letzten Monaten durchgeführt hatte, waren vermutlich gar nicht nötig gewesen. Und manche ihrer Recherchen hatten den Mandanten vermutlich unnötige Kosten beschert. Oder hatte Jan sie seinen Mandanten gar nicht in Rechnung gestellt, sondern aus eigener Kasse bezahlt? Vera Schwab schien jedoch eine wirkliche Auftraggeberin zu sein. Eine, die immerhin extra aus Hamburg angereist war.

»Was genau soll ich für Sie tun?«, fragte Nina.

Vera Schwab rückte ihren Stuhl ein Stück zu ihr herum, um Nina besser ins Gesicht sehen zu können. Die Prada-Tasche, die sie an ein Stuhlbein gelehnt hatte, kippte um. Nina und Vera Schwab bückten sich gleichzeitig, um die Tasche wieder aufzustellen. Als sich die beiden Frauen aufrichteten, stießen sie mit den Köpfen gegeneinander. Sie mussten lachen.

»Ich habe gehört, dass es maßgeblich Ihrer Arbeit zu verdanken war, dass der Mörder der älteren Dame, die im Maritim gewohnt hat, gefasst wurde«, sagte Vera Schwab.

Nina schmeichelte das Kompliment. Sie bezweifelte allerdings bis heute, dass der Mann, der gefasst wurde, tatsächlich derjenige war, der Frau Bergmann vom Balkon ihrer Wohnung gestürzt hatte. Wenn dieser Zweifel Nina gelegentlich schlaflose Nächte bereitete, dann versuchte sie, sich damit zu beruhigen, dass sie damals überhaupt keine Erfahrungen als Ermittlerin gehabt hatte und dass es die Aufgabe der Polizei gewesen wäre, den wahren Täter zu stellen.

»Ich möchte, dass Sie meinen Mann beschatten«, wiederholte Vera Schwab. »Er wird morgen gegen Mittag anreisen und während der Travemünder Woche jeden Abend auftreten. Er ist Künstler.«

Nina sah Jan fragend an. Auch ihm schien der Name Schwab nichts zu sagen. Vera Schwab bemerkte es.

»Vielleicht haben Sie schon mal etwas über ihn gehört. Oder kennen seine Musik. Ich habe ein Foto dabei …«

Vera Schwab nahm ihre Handtasche auf den Schoß und holte einen Stapel Autogrammkarten hervor. Von Ricci Bell!

Jeder, fast jeder im Lande, sogar Nina, wusste, wie Ricci Bell aussah. Und beinahe jeder kannte wohl sein Lied »Auf allen vieren ins Glück«. Nina konnte sich an keinen Abend im Smokys oder im Nightlife erinnern, an dem es nicht irgendwann gespielt wurde und die Gäste spätestens dann zu schwofen begannen, wenn die ersten Takte erklangen.

Nina betrachtete das offensichtlich etwas ältere Foto des attraktiven Sängers.

»Weshalb soll ich ihn beobachten?«

»Ich möchte gern wissen, was mein Mann vor und nach seinen Auftritten treibt.«

»Weshalb?«, fragte Nina.

»Das soll Ihnen gleichgültig sein. Ich möchte eine Auflistung, wann mein Mann sich in den kommenden Tagen wo aufhält, wenn er nicht gerade auf der Bühne steht. Und mit wem. Das ist alles.«

Nina sah auf das Foto. Warum sagte die Frau nicht, dass sie befürchtete, ihr Mann hätte eine Affäre? Vermutlich wusste sie es bereits.

Vera Schwab packte die Autogrammfotos in ihre Handtasche zurück und holte eine Visitenkarte hervor.

»Ich muss jetzt zurück nach Hamburg. Mein Mann steigt morgen im Maritim ab. Seine Agentur bringt ihn dort immer unter, wenn er in Travemünde Auftritte hat. Ich vertraue auf Ihre Professionalität und Ihre Diskretion. Ihren Tagessatz akzeptiere ich, den hat mir Herr Andresen bereits genannt.«

Nina blickte zu Jan. Der nickte und unterdrückte ein Lächeln. Vera Schwab erhob sich.

»Bitte rufen Sie mich nicht an! Ich werde Sie anrufen! Haben Sie eine Karte für mich, damit ich Sie erreichen kann?«

Nina kritzelte eilig ihre Nummer auf die Rückseite einer Karte von Jan. Es wurde Zeit, sich eigene drucken zu lassen.

3

Der Regen hatte nachgelassen, als Vera Schwab auf ihr Auto zuging. Sie konnte es kaum erwarten zu telefonieren. Doch sie vermutete, dass dieser Anwalt und seine kleine Ermittlerin am Fenster standen und sie beobachteten. Vera drehte sich nicht um, um sich zu vergewissern.

Ihre Knie zitterten bei jedem Schritt. Was hatte sie soeben getan? Sie hatte veranlasst, ihren eigenen Mann auszuspionieren. Etwas, für das sie bis vor Kurzem noch jede andere Ehefrau verabscheut hätte.

»In guten wie in schlechten Zeiten«, hatte Vera ihrem Mann vor über zwanzig Jahren versprochen, und bis vor ein paar Wochen hatte sie keinen Gedanken daran verschwendet, ihr Versprechen nicht zu halten. Dabei hatten Riccis schlechte Zeiten immer überwogen. Nicht weil er in seinem Leben durch Krankheiten oder Schicksalsschläge auf die Prüfung gestellt worden wäre, sondern weil er die Fähigkeit hatte, allen Menschen, die ihn umgaben, und damit auch seiner Frau, das Leben schwer zu machen.

Vera war immer für ihn da gewesen, gleichgültig, was passierte, gleichgültig, was Ricci getan hatte. Doch neuerdings stellte Vera sich eigentümliche Fragen wie: War Ricci eigentlich auch mal für sie da gewesen? War es wirklich normal, dass in einer Beziehung immer der eine der Stärkere und der andere der Schwächere war? Dass der Starke immer gab und der Schwache immer nahm? Täuschte Ricci vielleicht nur vor, schwach zu sein, um nehmen zu können?

Veras Telefon klingelte.

»Wo bist du?«, fragte Ricci.

»Im Fitnessstudio, wie jeden Freitag, das weißt du doch«, antwortete sie.

»Und morgen klappt alles?«

»Ja, ich werde dich nach Travemünde bringen, so wie immer.«

»Du weißt ja, ich kann als Künstler nicht den ganzen Tag Auto fahren, wenn ich abends noch auftreten muss.«

Es sind nur achtzig Kilometer von Hamburg bis Travemünde, dachte Vera und wiederholte, dass sie ihn fahren würde.

»Wann kommst du nach Hause?«, fragte Ricci.

»Ich bin gerade erst angekommen und möchte ein paar Kurse mitmachen und dann in die Sauna. Danach komme ich.«

»Viel Spaß«, sagte Ricci. »Und sieh nach, ob du für morgen noch tanken musst.«

»Mache ich«, sagte Vera, doch da hatte Ricci bereits aufgelegt.

Auf der Strecke zwischen Travemünde und Lübeck fuhr Vera rechts ran und rief den Mann an, dessen Nummer sie auswendig gelernt und nirgends gespeichert hatte. Er ging sofort ans Telefon.

Nachdem Vera sich mit ihm verabredet hatte, löschte sie seine Nummer aus der Liste der getätigten Anrufe.

4

Der Bürgermeister stand an Bord der »Lisa von Lübeck« und eröffnete kurz vor achtzehn Uhr mit einer launigen Rede die Travemünder Woche. Selbstverständlich durfte ein Vergleich zur erst kürzlich stattgefundenen Kieler Woche nicht fehlen: »Wir haben uns in Travemünde fest vorgenommen, besseres Wetter zu haben – aber das dürfte nicht allzu schwer werden …«

Die Sonne schien entgegen allen Voraussagen seit etwa einer Stunde am wolkenlosen Himmel, wie für die Travemünder Woche bestellt.

Junge Männer aus dem Azubi-Team des NDR richteten die letzten Kabel und Scheinwerfer im Medienzelt der Lübecker Nachrichten und des Norddeutschen Rundfunks. Hier würden ab diesem Abend in kurzer Folge nacheinander Künstler auftreten und auf einem großen Bildschirm Berichte übertragen werden.

Die Finanzministerin von Schleswig-Holstein sagte ein paar begeisterte Worte über die Travemünder Woche, bevor zwei junge Segler vom Lübecker Yacht-Club den sportlichen Eid sprachen. »Heißt Flagge!«, rief der Bürgermeister danach ins Mikrofon.

Damit war die zweitgrößte Segelregatta der Welt eröffnet.

Hundert Luftballons stiegen auf. Das Publikum klatschte begeistert und zog los, um die Travemünder Woche zu erobern.

Auf der Trave fuhr das Feuerschiff »Senator Emil Peters« und bot mit seinen meterhohen Fontänen eine imposante Wassershow. Das festlich beleuchtete Riesenrad auf Höhe des historischen Leuchtturms wurde in Gang gesetzt. Farbige Laserstrahlen beleuchteten das historische Segelschiff »Passat«.

Jan erblickte Nina, die ihm lächelnd entgegenkam. Nach einer kurzen Umarmung betraten sie das Medienzelt, auf dessen Außenplätzen gerade auch der Bürgermeister und die Finanzministerin Platz nahmen. José Ferreiras, der Sänger, der seit Jahren in der Maritim-Residenz lebte, begrüßte die beiden herzlich, schenkte ihnen seine neue CD und ließ sich gemeinsam mit ihnen fotografieren. Danach ging er in seinem weißen Jackett, das mit schwarzen Noten bedruckt war, zu einem der Tontechniker und ließ sich ein Mikrofon für seinen ersten Auftritt reichen.

Jan und Nina fanden noch Platz an einem freien Stehtisch und orderten zwei Gläser Wein. José Ferreiras begann seinen Millionenhit »Malagueña« zu singen. Jan und Nina stießen die Gläser aneinander.

»Da hätte ich ja etwas verpasst, wenn ich nicht in Travemünde geblieben wäre …«, sagte Nina lachend. »Danke, dass du mir den Auftrag von Vera Schwab vermittelt hast!«

Dass sie offenbar wieder mit dem Gedanken gespielt hatte, nach Hamburg zurückzugehen, versetzte Jan einen Stich. Er hatte Nina schon öfter zu verstehen gegeben, dass er sich wünschte, dass sie für immer hier bei ihm in Travemünde blieb. Doch sie hatte sich bis heute nicht eindeutig dazu geäußert.

Sie waren ein Paar. Weshalb wich Nina ihm dann in der Frage des Zusammenlebens aus? Wollte sie ihre Wohnung in Hamburg als Hintertürchen behalten, falls es mit Jan nicht gut ging? Oder missfiel ihr der Gedanke, zu ihm in die Wohnung über seiner Kanzlei am Hafen zu ziehen, weil diese nicht die ihre war und sie sich dort wie eine Besucherin vorkäme?

Jan hatte deshalb ein Immobiliengesuch in einem großen Internetportal aufgegeben. Er wäre bereit, seine jetzige schöne Wohnung zu verlassen, um mit Nina eine neue für ein gemeinsames Leben zu finden. Er setzte an, um ihr dies zu erzählen, doch im selben Moment begann José Ferreiras, »Stark wie der Wind« zu singen. Mit diesem Lied, das er 2006 gemeinsam mit der DLRG präsentiert hatte, trat er seitdem jedes Jahr an allen Abenden der Travemünder Woche im Medienzelt auf. Fast alle Gäste sangen lautstark mit, während sie mit erhobenen Armen über den Köpfen Wellenbewegungen machten.

Leute drängten ins Zelt, um an der guten Stimmung, die hier herrschte, teilzuhaben. Ein älteres Paar, das kleine Sonnenschirme in Regenbogenfarben auf dem Kopf trug, gesellte sich an Ninas und Jans Tisch. Nina orderte zwei weitere Gläser Wein. Spätestens als José Ferreiras sein Lied »Mein Travemünde« anstimmte, begriff Jan, dass dies kein Abend war, an dem man noch ein ernsthaftes Gespräch führen könnte.

***

Er hielt die Pistole in der Hand.

Fest entschlossen zu schießen.

Jemanden aus dem Weg räumen. Das sagte man doch so.

Er würde jemanden aus seinem *Weg räumen.*

Ihm blieb keine andere Wahl, um an sein Ziel zu kommen.

Er hatte alle anderen Möglichkeiten in Gedanken durchgespielt.

Manche hatte er sogar probiert.

Er hatte es mit Bitten versucht. Und mit Erpressung. Das Bitten und Flehen hatte ihn von seinem Ziel noch weiter entfernt als die Erpressung.

Der Mensch, den er liebte, würde sich erst für ihn entscheiden, wenn er einen anderen Menschen aus dem Weg räumte.

Aus dem Weg räumen.

Es hörte sich ganz einfach an.

Als wäre nichts dabei.

Er wird jemanden erschießen.

Und so den Weg für seine Liebe freiräumen.

Er beobachtete seine Hand, in der die Pistole lag. Sie war ganz ruhig. Niemand würde darauf kommen, dass er der Todesschütze war.

Er selbst würde nichts bedauern. Seine Tat nicht. Das Opfer nicht.

Er bedauerte nur eines: dass er nicht schon eher auf diese Lösung gekommen war.

SAMSTAG

1

Nadine zupfte an ihrem neonpinkfarbenen T-Shirt, das auf der Wäscheleine hing. Obwohl heute die Sonne stark schien, war es immer noch so tropfnass wie vor etwa zehn Minuten, als Nadine auch schon geprüft hatte, ob ihr derzeitiges Lieblingsteil bald trocken wäre.

In Nadine stieg Wut auf ihre Mutter auf. Obwohl sie dieser wiederholt gesagt hatte, dass sie ihr T-Shirt am heutigen Abend frisch gewaschen anziehen wollte, hatte die Mutter vergessen, es in die Waschmaschine zu tun. Nachdem sie sich deshalb angeschrien hatten, hatte Nadine es schließlich selbst im Waschbecken ausgedrückt.

Es hing viel davon ab, dass Nadine heute Abend gut aussah. Sie musste die Schönste sein unter all denen, die ihrem Ricci zujubelten.

Nadine blickte sich um. Der Garten ihrer Eltern kam ihr plötzlich eng vor. Die geblümten Auflagen auf den blauen Plastikgartenstühlen spießig. Hierher durfte sie Ricci niemals einladen. Die Hollywoodschaukel, die abgedeckt am Rand der Terrasse stand, spießig. So wie auch ihre Eltern.

Nadine nahm die Abdeckung der Schaukel herunter, setzte sich hinein und stieß sich ab. Die Ketten, an denen die Sitzbank befestigt war, quietschten. Aus der beige geblümten Auflage stieg der feuchte Muff der letzten verregneten Wochen auf.

Im vergangenen Sommer hatte Nadine manchmal in der Schaukel gesessen und geträumt. Dass sie Ricci traf. Dass er nur Augen für sie hatte. Dass er sie mitnahm. Weg von hier. Inzwischen wusste Nadine, dass sie dafür viel tun musste. Mehr als nur ihr neues neonpinkfarbenes T-Shirt anzuziehen. Sie war bereit dazu, sehr viel für Ricci zu tun. Alles, was er wollte.

Nadine stieß sich mit der Schaukel ab und sprang mit einem

Satz daraus auf. Die Sitzbank schleuderte gegen die mit Brettern verschalte Wand, die als Sichtschutz zum angrenzenden Reihenhaus diente. Im nächsten Moment wedelte Nadines Mutter vorwurfsvoll mit den Händen hinter dem Blumenfenster im Wohnzimmer. Ohne eine Miene zu verziehen, stieß Nadine mit dem Fuß die Abdeckung der Schaukel unter die Sitzbank.

»Nadine!«, hörte sie ihre Mutter rufen, als sie die Treppen des separaten Eingangs zu ihrem Souterrainzimmer hinabstieg. Nadine verschloss die Tür zu ihrem Reich, wie sie ihr Zimmer nannte, seit ihre Eltern dieses Reihenhaus in Niendorf gekauft und ausgebaut hatten. Nadine hatte damals den Anstrich der Wände ihres Zimmers selbst bestimmen dürfen. Vom Anstrich war inzwischen kaum noch etwas zu erkennen. Nadine hatte die Wände mit Fotos, Postern, Autogrammkarten und Zeitungsausschnitten von Ricci Bell förmlich gepflastert.

Wenn Ricci das sehen würde, wäre er bestimmt beeindruckt. Er würde sie dafür lieben. Doch Ricci war ein Star und kam aus der Großstadt. Nadine konnte ihn keinesfalls in das spießige Haus ihrer Eltern im kleinen Niendorf einladen. Niendorf, wie der Name schon sagte: Dorf. Nadine musste hier so bald wie möglich weg. Dorthin, wo auch Ricci lebte. Nach Hamburg. An seiner Seite könnte sie ihm nützlich sein. Sich um seine vielen Fans kümmern und den weiteren Fanclub, den Nadine aufzubauen angekündigt hatte.

Nadine schaltete den CD-Player an. Sie warf sich aufs Bett mit der Ricci-Bell-Bettwäsche. »Auf allen vieren ins Glück« war immer noch ihr Lieblingssong. Jedes Mal, wenn sie dieses Lied hörte, bildete sich auf ihren Armen Gänsehaut. Sie stellte den CD-Player auf »Repeat«.

Heute Abend würde Nadine ihren Ricci treffen. Zehn Abende lang würde sie ihren Ricci treffen. Ihm ganz nah sein.

Nadine richtete sich auf und eilte nach draußen. Hoffentlich war ihr T-Shirt endlich trocken!

2

Bowle mit Erdbeeren, Weine aus verschiedenen deutschen Regionen, die man kostenlos probieren durfte, Cocktails, Longdrinks, T-Shirts, die man mit lustigen Sprüchen bedrucken lassen konnte, Sonnenbrillen, Ledergürtel, Leinenklamotten und Stressless-Sessel. Alle Aussteller verkauften seit dem gestrigen Abend eifrig ihre Produkte. Ein dicker Mann drehte ein Spanferkel an einem Spieß. Von überall her kam Musik. Noch war die mit grünen, für Holsten-Bier werbenden Fahnen gesäumte Promenade nicht übermäßig mit Menschen bevölkert.

Die Sonne schien, so wie Hellseherin Rosa Rialto es vorausgesagt hatte. Die Ostsee hatte die Farbe des blauen Himmels, darauf viele Boote mit weißen Segeln. Gerade fuhr eine Gruppe mit Spinnakern aus der Trave auf die See hinaus, mit ihren bauchigen bunten Segeln ergänzten sie das Bild zu einer Postkartenlandschaft.

Die Travemünder Woche war eigentlich eines: eine Segelregatta. Es gab sie seit über einhundert Jahren. Auf einem riesigen Bildschirm am Strand wurden die Wettkämpfe live übertragen und von erfahrenen Seglern kommentiert.

Nina blieb auf Höhe Brügmanngarten stehen und blickte zum Maritim hinauf, das mit seinen fünfunddreißig Stockwerken in den Himmel ragte und in dessen Residenz ihre Mutter gerade ein paar Wohnungen putzte.

Nach einigem Zögern ging sie auf das kleine Holzhaus zu, das etwas schief und wie umzingelt von einem Crêpe-Stand, Bierwagen und einem großen Bratwurstgrill auf der immer noch durchnässten Wiese stand. Bisher hatte Nina sich nicht erkundigt, wie viel eine Sitzung bei der Wahrsagerin kostete. Den Preis konnte sie immer noch als Vorwand nehmen, wenn sie sich im letzten Moment dagegen entschied, sich aus der Hand lesen zu lassen.

Gerade als Nina anklopfen wollte, öffnete Rosa Rialto die Tür.

Nina wich einen Schritt zurück. Sie erkannte die Frau kaum wieder. Ihre schwarzen langen Haare waren glatt gebürstet, das Gesicht stark geschminkt. Über dem einen Lid war das Schwarz, mit dem die falschen Wimpern getuscht waren, etwas zu dick aufgetragen und verklebt. Auf Rosa Rialtos Wangen glitzerte Rouge. Die Wahrsagerin trug ein weites Kleid im Blutrot ihrer Lippen und einen schwarzen breiten Wollschal über den Schultern. Ihre Füße steckten in knöchelhohen Schnürstiefeln.

»Wie schön! Wir können gleich loslegen«, sagte Rosa Rialto sichtlich erfreut. »Ich brauche nur noch fünf Minuten, bis ich den Kaffee aufgießen kann. Du wolltest doch eine Sitzung mit Kaffeesatzlesen?«

Nina kam sich plötzlich lächerlich vor. Was dachten eigentlich die Leute über Menschen, die zu einer Sitzung in einem solchen Hexenhaus verschwanden?

»Hallo, Rosa!«, rief ein rotwangiger Mann vom Bratwurstgrill herüber. »Wie hübsch du heute wieder aussiehst! Und gutes Wetter hast du uns auch bestellt.«

»Wo ich bin, scheint die Sonne, Fritz. Das weißt du doch«, flirtete Rosa Rialto zurück.

Nina lächelte, als wäre auch sie amüsiert.

»Wie viel kostet eigentlich eine Sitzung?«

»Dreißig Euro für Handlesen und Deutung des Geburtsdatums. Für Kaffeesatzlesen noch mal zehn Euro extra. Kann ich nur empfehlen, denn es ist die effektivste Methode.«

Plötzlich bekam Nina Angst. »Sie werden mir aber nichts Negatives sagen …?«

Rosa Rialtos Lächeln verschwand augenblicklich.

»Kindchen, ich bin ein Profi! Ich mache das schon seit dreißig Jahren. Es ist nicht meine Aufgabe, dir irgendetwas Negatives zu sagen. Auch wenn ich da irgendetwas sehen sollte. Meine Aufgabe ist es, dir Wege aufzuzeigen.«

Drinnen pfiff ein Wasserkessel. Rosa Rialto verschwand in

ihrem Häuschen. Durch die offene Tür drang der Duft von Patschuli nach draußen.

»Am besten, du setzt dich dorthin.« Rosa Rialto zeigte auf einen Stuhl, auf dem ein mit rot-goldenem Stoff bezogenes Kissen lag. Der wackelige Stuhl gab unter Nina nach, die aufgeweichte Wiese war nur mit einem rot gemusterten Teppich abgedeckt.

Rosa Rialto nahm ebenfalls Platz. Zwischen ihnen stand ein kleiner Tisch, auf dem Kerzen in bunten Gläschen flackerten. In einem kleinen Kamin brannte ein künstliches Feuer. Die Decke des Häuschens war wie die Fenster mit einem dunkelblauen, mit Mond und Sternen bedruckten Sari-Stoff abgehängt. Es war eng, dunkel und warm.

»Aber bitte wirklich nichts Negatives sagen«, bat Nina erneut.

»Kindchen, entspann dich!«

Nina wollte sich gern entspannen, doch sie wusste nicht, wie. Sie war doch nur aus Quatsch hier. Das, was Leute wie Rosa Rialto machten, war doch Unsinn. Wovor hatte sie also Angst? Davor, dass Wahrsager doch die Gabe hatten, etwas in einem Menschen zu sehen, was dieser selbst noch nicht gesehen hatte oder gar nicht sehen wollte?

»Gibt es einen bestimmten Grund, weshalb du hier bist?«, fragte Rosa Rialto. »Hast du eine bestimmte Frage, die dich zu mir geführt hat?«

Nina verneinte eilig. Sie hatte sich vorgenommen, der Hellseherin nichts über sich zu erzählen. Sie würde deren Prophezeiungen nur trauen, wenn Rosa Rialto selbst sah, wer Nina war und welche Fragen sie umtrieben. Es waren viele Fragen.

Als hätte Rosa Rialto Ninas Gedanken gelesen, sagte sie, dass Nina jemand sei, der viel zu sehr in seinem Kopf wäre. Sie müsse aus ihrem Kopf herauskommen. Nina verstand, was die Hellseherin meinte.

Rosa Rialto nahm einen kleinen Notizblock und einen Stift. »Fangen wir mit dem Geburtsdatum an.«

»4. 6. 1979«, sagte Nina.

Die Wahrsagerin kritzelte das Datum auf ihren Zettel. Dabei setzte sie zwischen die Ziffern keine Punkte. Rechnete und redete von einer Quersumme, die nicht übel wäre. Nina sei eine Neun, die beste Zahl, die jemand überhaupt sein könne. Die Neun bedeute Kraft. Nina lehnte sich zurück. Sie war also eine Neun, na wenigstens das. Außerdem wäre sie eine »alte Seele«, meinte Rosa Rialto. Nina fragte, was das bedeute. Rosa Rialto erklärte ihr, dass das ebenfalls gut sei, aber sie habe den Eindruck, dass Nina noch in der ersten Stufe auf dem Weg zur ausgereiften alten Seele feststecke. Dass Nina manchmal aus innerer Überzeugung gegen die geltende Moral handle. Dass sie manchmal Dinge tue, die sie gar nicht tun möchte. »Jede Sucht hat einmal mit einer Suche begonnen«, fügte Rosa Rialto hinzu.

Meinte die Wahrsagerin damit, dass Nina gern trank und rauchte? Oder ihre kleinen Klauereien? Damit hatte sie doch inzwischen aufgehört!

Sie solle aufpassen, dass sie nicht nur durch ihr Sein auf andere zu wirken versuche und dabei auf das Tun verzichte, setzte die Hellseherin fort. Nina verstand immer weniger. Sie *tat* doch. Sie war aus Hamburg nach Travemünde zurückgekommen und hatte monatelang für ihre Mutter im Maritim geputzt. Oder meinte Rosa Rialto etwas anderes?

»Sehr typisch für eine alte Seele wie dich ist: Du verfolgst einen Weg. Aber du kennst das Ziel nicht«, sagte Rosa Rialto. »Es wird Zeit, dass du dir endlich über dein Ziel klar wirst.«

In Ninas Augen sammelten sich Tränen. Rosa Rialto tätschelte unbeeindruckt ihre Hand, so als wäre sie daran gewöhnt, dass in ihrer Bude Leute zu heulen begannen. Eigentlich hatte sich Nina bis vorhin noch ganz gut gefühlt. Was suchte sie hier bloß!

Rosa Rialto stand auf, holte eine Tasse aus einem Karton, wischte sie mit der Hand aus und füllte aus einer rot-golden geblümten Teedose Kaffeepulver hinein.

»Bis der Kaffee die richtige Konsistenz hat, damit wir aus dem Satz lesen können, schaue ich mir mal deine Hände an«, sagte sie und setzte sich wieder.

Nina reichte ihr die rechte Hand, mit der Innenfläche nach oben.

»Deine Handlinien sehe ich mir später an. Zunächst einmal deine Daumen. An denen kann man viel über einen Menschen erkennen. Daumen sind einzigartig. So einzigartig, dass man sie nicht transplantieren kann.«

Verdutzt sah Nina auf ihren rechten Daumen in Rosa Rialtos Hand. Die Wahrsagerin drehte und spreizte ihn und legte ihn an den Zeigefinger.

»Das sieht gut aus. Dein Daumen reicht bis an das Glied des Zeigefingers. Das zeigt mir, dass du eine starke Persönlichkeit bist. Dass du den Daumen aber so weit abspreizen kannst, zeigt mir, dass du zu häufig mal ins Risiko gehst. Wie alt bist du jetzt?« Rosa Rialto schaute auf den Zettel, auf dem sie sich Ninas Geburtsdatum notiert hatte. »Darf ich fragen, was du beruflich machst?«

Nina erwiderte lächelnd den fragenden Blick der Hellseherin. Sollte sie gefälligst hellsehen, was Nina beruflich machte!

»Also gut«, sagte Rosa Rialto, »Künstlerin bist du nicht, das sehe ich an deinem Mittelfinger. Aber du musst trotzdem sehr viel Kreativität in deinem Beruf aufbringen. Ich frage mich, ob du zurzeit überhaupt einer richtigen Arbeit nachgehst.«

Gute Frage, dachte Nina. Übersetzerin? Detektivin? Wer war sie?

»Auf jeden Fall hast du mit Menschen zu tun«, fuhr die Hellseherin fort. »Du hast nichts Eigenbrötlerisches in dir, das sehe ich auch an deinem Mittelfinger. Du solltest also nichts allein im stillen Kämmerlein machen, am Computer vor dich hin arbeiten oder so etwas.«

»Ich habe bis vor Kurzem am Computer Übersetzungen gemacht. Aus dem Englischen. Allein. In Hamburg …«

Die Wahrsagerin schüttelte den Kopf.

»Damit wirst du keine Erfolge erzielen. Oder warst du erfolgreich?«

Nina kamen erneut die Tränen.

»Du bist aus Hamburg?«, fragte Rosa Rialto irritiert. »Ich sehe dich eher in einem kleinen Ort wie Travemünde.«

»Ich bin hier aufgewachsen«, gab Nina preis.

Die Wahrsagerin sah sich ihre Handlinien an.

»Und jetzt bleibst du hier«, stellte sie fest.

»Ich weiß es noch nicht!«, widersprach Nina eilig.

»Kindchen, die Großstadt ist nichts für dich. Hamburg ist schön, ich komme aus Hamburg, aber dich sehe ich dort nicht, wenn du glücklich werden willst.«

»Wieso nicht?«

»Du hast Menschen hier in Travemünde, die dir sehr nahestehen.«

»Wenn man hier aufgewachsen ist, liegt das auf der Hand, wortwörtlich«, erwiderte Nina.

»Ich sehe eine Mutter. Einen Vater«, fuhr Rosa Rialto unbeeindruckt von Ninas Ironie fort.

Nina lachte auf, denn jetzt hatte sie den Beweis: Alles Quatsch, was diese Hellseher erzählten!

»Ich habe keinen Vater. Mein Vater ist tot!«

Rosa Rialto blickte Nina irritiert an und vertiefte sich noch einmal in deren Hand.

»Deine Mutter lebt. Du liebst sie, aber es ist kompliziert …«

»Wie in den meisten Familien – zwischen Müttern und Töchtern«, erwiderte Nina.

»Dass du ein bisschen streitsüchtig bist, habe ich schon an deinem Ringfinger gesehen. Aber wir wollen ja hier nichts Negatives zur Sprache bringen«, sagte die Wahrsagerin.

Nina zog an ihrer Hand. Rosa Rialto hielt sie fest.

»Du willst noch etwas Gutes hören: Du hast keine Haare auf den Handrücken. Das bedeutet, du neigst nicht zu Grausamkeit. Vor Menschen, die Haare auf dem Handrücken haben, sollte man sich in Acht nehmen.«

So etwas durfte man Nina nicht erzählen. Sie würde ab heute darauf fixiert sein, auf Menschen zu achten, die Haare auf dem Handrücken hatten.

»Ich sehe kein Kind, du hast kein Kind«, stellte die Hellseherin fest. »Aber ich sehe einen jungen Mann. Er wird eine große Rolle in deinem Leben spielen.«

Nina blickte der Wahrsagerin trotzig in die Augen.

»Und wann werde ich ihn kennenlernen?«

»Du kennst ihn schon«, antwortete Rosa Rialto. »Er ist dir ganz nah. Damit meine ich nicht nur, dass er in deiner Nähe ist, sondern auch, dass er für dich da sein wird, gleichgültig, was passiert.«

Ja, dachte Nina, Jan ist da, ich möchte auch für ihn da sein. Doch dafür müsste ich eine Entscheidung treffen.

»Du solltest dich für ihn entscheiden«, meinte die Wahrsagerin und ließ Ninas Hand endlich los. »Und jetzt kommt die Krönung: Im Kaffeesatz kann ich deine Zukunft sehen.«

Plötzlich schien es Nina in diesem Häuschen unerträglich eng. Sie nahm Musik von draußen wahr, von dort, wo die Sonne schien und sich die Leute amüsierten.

Rosa Rialto reichte ihr die kleine Tasse mit dem abgeschabten Goldrand.

»Trink! Bis kurz über dem Grund alles austrinken!«

Die Tasse klapperte auf der nicht dazu passenden Untertasse. Der Kaffee war lauwarm, mehlig und bitter.

Rosa Rialto nahm sie zurück und sah auf den Grund.

»Das ist interessant …«

Nina erkannte nur braunen Matsch, der sich auch am Tassenrand hochzog.

»Du kippst den Satz jetzt mit einem Ruck über die Untertasse«, verlangte die Hellseherin.

Nina tat es.

»Oha«, meinte die Hellseherin. »Erkennst du hier das Kreuz?«

Für Nina war da nur dunkle Pampe auf einer alten Untertasse.

»Die Stelle, an der das Kreuz liegt, zeigt dir, dass du sehr harte Tage vor dir hast. Du musst eine Prüfung bestehen. Oder etwas Ähnliches. Dafür wirst du viel Kraft brauchen. Musst du eine Prüfung bestehen?«

Nina zog die Schultern hoch.

»Und hier, siehst du die Linie, die zeigt dir noch mal, dass du in allem einen guten Partner hast. Und hier, das Kleeblatt ist kaum zu sehen …«

Nina starrte auf die Untertasse. Welches Kleeblatt?

»Das Glück lässt noch auf sich warten, aber es wird kommen. Also mach dir keine Sorgen.«

»Ich mache mir keine Sorgen!«, erwiderte Nina trotzig.

Die Hellseherin wirkte plötzlich erschöpft.

»Hast du noch Fragen?«

Hatte Nina überhaupt schon Antworten erhalten?

»Nein!«, sagte Nina, stand auf, zog aus ihrer Jeans vierzig Euro und legte sie auf den Tisch. Die Wahrsagerin sah abwesend auf die Geldscheine.

»Kindchen, bist du sicher, dass du keinen Vater mehr hast?«

Nina setzte sich wieder.

»Er ist tot, seit ich klein war. Seit über dreißig Jahren. Ertrunken.« Nina machte eine Kopfbewegung in Richtung Ostsee. »Da draußen irgendwo.«

»Also gut«, sagte Rosa Rialto, erhob sich und tauchte die Tasse und die Untertasse in eine Schüssel mit Wasser.

Nina stand unschlüssig in Raum.

»Weshalb fragen Sie nach meinem Vater?«

Die Hellseherin wischte sich die Hände an ihrem roten Kleid trocken.

»Ich habe ihn gesehen, in deinen Händen, im Kaffeesatz, überall. Wahrscheinlich habe ich mich getäuscht.«

Rosa Rialto blickte auf den tickenden Wecker auf dem Kamin.

»Sei mir nicht böse, aber mein nächster Kunde ist gleich da.«

Nina trat ins Freie.

Die Sonne schien gleißend. Die Gerüche von Bratwurst und Crêpes hingen in der Ostseeluft.

Rosa Rialto hielt Nina kurz am Unterarm fest.

»Mach dir keine Sorgen. Es gibt manchmal Leute, bei denen sehe ich, dass nichts mehr ins Lot kommt. Bei dir wird alles ins Lot kommen. Es wird zwar noch etwas dauern, aber es wird.«

»Okay«, sagte Nina und machte sich los.

Sie ging weg, ohne sich noch einmal zu der Wahrsagerin umzudrehen.

3

»Haben wir auch meine Noten eingepackt?«, fragte Ricci nervös, während sie auf der Autobahn in Richtung Travemünde fuhren.

»Ja, Matthias, haben wir«, antwortete Vera und gab etwas mehr Gas.

Vera nannte ihren Mann manchmal noch Matthias, obwohl sie wusste, dass er das nicht mochte, seit er sich seinen Künstlernamen zugelegt hatte. Genauer gesagt hatte seine Agentur ihm diesen vor vielen Jahren verpasst. Ricci Bell. Vera fand den Namen bis heute nicht gut. Und mit der Zeit wurde auch ihr Mann nicht schöner, sodass der Name Bell immer weniger zu ihm passte. Als Matthias Frohlein könne er kaum Karriere machen, hatte seine Agentur damals gesagt. Inzwischen gab es allerdings einige sehr Prominente, die widerlegten, dass hässliche oder schwer auszusprechende Namen ein Hindernis sein könnten. Kai Pflaume oder Herbert Grönemeyer zum Beispiel. Veras Mann liebte es jedoch, Ricci zu heißen, sodass er dafür bezahlt hatte, dass sein wirklicher Name aus allen Ausweisen ausgemerzt wurde.

Haben wir auch meine Noten eingepackt? Riccis Frage bedeutete nichts anderes als: Hast *du* mir meine Noten eingepackt? Und hoffentlich hast *du* auch sonst nichts vergessen!

Vera drückte noch stärker aufs Gaspedal. Ricci umfasste mit der rechten Hand den Griff über der Beifahrertür und starrte geradeaus.

Weshalb störte es Vera zunehmend, für fast alles zuständig zu sein, was Ricci betraf? Seine Noten zu sortieren, seine Koffer zu packen, den Akku seines Handys aufzuladen, seine Steuererklärungen auszufüllen, seine Fanpost zu beantworten und Autogrammkarten zu signieren und ihn zu seinen Auftrittsorten zu fahren. An die Wäsche, die sie ihm wusch, und das Essen, das sie ihm zubereitete, dachte sie dabei gar nicht.

Oder an seine Eltern, die Vera ihm regelmäßig vom Hals halten sollte.

Dabei waren Riccis Eltern nette Leute. Obwohl sie nie viel Geld besaßen, hatten sie seine musikalische Laufbahn nach Kräften gefördert. Als Kind bezahlten sie ihm jahrelang Klavier- und Gesangsunterricht, später die Schauspielausbildung an einer privaten Schule in Hamburg. Im Gegensatz zu Vera, die recht wohlhabende Eltern gehabt hatte – sie waren leider bereits verstorben –, musste sich Ricci als junger Mensch nie Sprüche über brotlose Kunst anhören oder darüber, dass er erst mal etwas Anständiges lernen solle. Riccis Eltern hatten immer alles getan, damit ihr Sohn glücklich werden konnte. Sie waren bis heute unheimlich stolz auf ihn und vielleicht seine größten Fans. Zu fast jedem seiner Auftritte würden sie sich auf den Weg machen, doch Ricci wollte ihnen nicht bei seinen Konzerten begegnen. Er schämte sich für sie, denn für ihn waren seine Mutter und sein Vater kleine Leute. Er befürchtete, es würde negativ auf ihn zurückfallen, dass er aus einem Elternhaus mit dem Namen Frohlein in Hamburg-Barmbek-Nord stammte.

Günstigerweise besaßen seine alten Eltern keinen Internetanschluss und bekamen deshalb kaum mit, wie oft ihr Sohn auftrat. Wenn seine Auftritte im Fernsehprogramm stattfanden, dann durfte Vera sie auf dem Laufenden halten, denn wenn sie ihren Sohn von ihrem Sofa aus im Fernsehen bewunderten und höchstens ihren alten Nachbarn davon erzählten, dann konnte es für Ricci nicht peinlich werden. Dann rief er sie manchmal sogar selbst an. »Hallo, wie geht es euch? Wenn ihr mich sehen wollt, dann schaltet am Samstag den Fernseher ein!« Er wusste, dass sie sich sofort nach dem Telefonat ein dickes Kreuz in der Fernsehzeitschrift, die immer auf ihrem Couchtisch lag, machen würden.

Ricci klappte die Sonnenblende herunter und betrachtete sich in dem kleinen Spiegel.

»Vielleicht hätten wir meine Haare noch mal nachtönen sollen. Bei Tageslicht sieht man, dass die Ansätze grau sind.«

Diese Bemerkung bedeutete nichts anderes, als dass *Vera*

daran hätte denken sollen, ihrem Mann die Haare zu tönen, denn selbstverständlich ging er zu diesem Zweck nicht zum Friseur. Es sollte ja niemand davon wissen.

»Matthias, du siehst blendend aus«, sagte Vera. »Und du weißt doch, dass eine frische Tönung eher auffällt.«

Ricci klappte die Blende beruhigt wieder hoch und dann wieder herunter, denn die Sonne schien plötzlich von vorn ins Auto.

»Wir haben meine Sonnenbrille vergessen!«

»Ich lasse dir nachher meine da«, sagte Vera. »Oder möchtest du sie schon jetzt haben?«

»Nur, wenn du auch ohne gut fahren kannst.«

Vera nahm ihre Pilotenbrille von Ray-Ban ab und reichte sie ihrem Mann.

Ab Lübeck wurde der Verkehr in Richtung Travemünde immer dichter.

Die Schilder am Ortseingang auf Höhe der Supermärkte zeigten an, dass es im Ort keine freien Parkplätze mehr gab. Die Travemünder Woche hatte begonnen.

»Wie gut, dass wir keinen Parkplatz für unser Auto suchen müssen«, meinte Ricci. Seine Agentur handelte für ihn immer einen Stellplatz in der Tiefgarage des Maritim-Hotels aus. Aber trotz dieser guten Bedingungen wollte er gebracht werden – von Vera. Auch in Hamburg fuhr er nur selten selbst. Er glaubte, nirgends aussteigen zu können, weil er zu prominent sei. Weil die Leute ihn belästigen könnten, weil er ein Star sei. Vera wusste jedoch, dass das nur selten vorkam. In Hamburg wohnten so viele Leute, die viel prominenter waren als Ricci. Diese ließen es sich nicht nehmen, selbst einkaufen zu gehen, um die Außenalster zu spazieren oder in schlabberigen Sportklamotten um dieselbe zu joggen. Ricci dagegen war zu faul, sich selbst auf den Weg zu machen, sein Auto selbst zu betanken oder Besorgungen zu erledigen. Seine Prominenz diente ihm lediglich als Vorwand.

Auf dem Parkplatz zwischen Maritim und Trave standen mehrere Bandbusse, auch der der Bandida-Band, die Ricci in den kommenden Tagen allabendlich begleiten würde.

Vera fuhr die Anhöhe zum Haupteingang des Hotels hinauf und spürte Nervosität in sich aufsteigen. Dem Anschein nach war zwischen ihrem Mann und ihr alles wie immer, doch Vera hatte heimlich eine Veränderung herbeigeführt. Nachdem sie Ricci in sein Zimmer gebracht, seine Sachen ausgepackt und sich von ihm verabschiedet haben würde, stünde er unter Beobachtung. Es würde ihm nachspioniert werden – in ihrem Auftrag.

Über zwanzig Jahre lang war Ricci Veras große Liebe gewesen. Und jetzt hatte sie eine Privatdetektivin beauftragt, die ihren Mann observieren sollte. Veras Ehe wäre am Ende, wenn Ricci dahinterkäme. Vielleicht sollte sie das Ganze lieber abblasen.

Vera parkte vor den Stufen des Hoteleingangs. Ricci wollte aussteigen, doch Vera legte eine Hand auf seinen Unterarm.

»Eine Frage noch. Du hast in letzter Zeit öfter größere Beträge von unserem Konto abgehoben. Ich würde gern wissen, wofür.«

Ricci machte sich los und öffnete die Tür.

»Ich brauchte dies und das, du weißt doch, wie schnell heutzutage das Geld weggeht.«

Vera konnte sich nicht daran erinnern, dass ihr Mann in den letzten Monaten oder Jahren dies oder das gekauft hätte, ohne es ihr mitzuteilen oder sie von vornherein mit den Einkäufen zu beauftragen.

Ricci ging zum Kofferraum und wartete, bis sie das Gepäck heraushob.

»Was hast du gekauft?«, fragte Vera.

»Willst du einen Streit anfangen? So kurz vor meinem ersten Auftritt? Hör auf damit! Was sollen denn die Leute denken?«

Vera schaute sich um. Welche Leute? Weit entfernt auf den Stufen zu einem großen Parkplatz saß ein junger Mann in einem giftgrünen Krokodilskostüm. Den Krokodilskopf mit den großen weißen Zähnen aus Frottee hatte er abgenommen, er hing ihn um die Schultern. Er wischte sich den Schweiß vom Gesicht und hatte offenbar schon seinen ersten Einsatz bei irgendwelchem Kinder-Klamauk hinter sich.

Vera reichte Ricci die zwei Kleidersäcke mit seinen Bühnenklamotten und nahm den Koffer.

»Ich möchte einfach nur wissen, wo das Geld geblieben ist.«

»Wir sind uns doch einig, dass ich derjenige bin, der das Geld verdient! Also kann ich mit meinem Geld machen, was ich will.«

Ricci betrat das Hotel. An der Rezeption begrüßten ihn überschwänglich zwei Frauen. Er erwiderte die Begrüßung mit einer seiner Charme-Offensiven. »Wie schön, dass ich wieder bei Ihnen sein darf. Das ganze Jahr habe ich mich darauf gefreut …«

Vera füllte für ihren Mann den Anmeldebogen aus, den Ricci unterschrieb, und nahm den Zimmerschlüssel entgegen. Sie kam sich plötzlich wie eine Idiotin vor. Noch nie hatte Ricci ihr so deutlich gesagt, dass er der alleinige Verdiener in ihrer Ehe war. Dabei hatte sie ihren geliebten Job in einem Radiosender auf seinen Wunsch hin aufgegeben, nachdem sie ihn dort promotet hatte, bis »Auf allen vieren ins Glück« ein Hit war. Sie hatte fast das gesamte Geld, das sie von ihren Eltern erbte, in seine Karriere gesteckt, auch als er später noch mit anderer Musik als »Auf allen vieren ins Glück« erfolgreich werden wollte. Sie hatte dies immer als selbstverständlich empfunden.

Die Lobby des Hotels war seit dem vergangenen Jahr verschönert worden. Die Galerie, in der Michael Weigel seine Bilder mit Motiven von Meer und Wolken ausstellte, und der kleine Laden, in dem hübsche Accessoires wie Schmuck und Tücher angeboten wurden, waren geöffnet. Ein paar schwitzende Gäste in weißen Bademänteln kamen aus der hauseigenen Sauna im Wellnessbereich und gesellten sich zu Vera und Ricci vor den Fahrstuhl. Einer glotzte Ricci an. Ricci lächelte und bat Vera um ein paar Autogrammkarten. Sie holte sie aus ihrer Handtasche. Im Fahrstuhl drückte Ricci eine Karte nach der anderen gegen die verspiegelte Wand, signierte sie und reichte sie den Leuten. Diese bedankten sich und hielten die Karten ehrfürchtig in den Händen. Nur einer steckte sie ohne genau hinzusehen in die Bademanteltasche.

Im Zimmer schmiss Ricci die Kleidersäcke aufs Bett.

Vera öffnete den ersten und sagte leise: »Du würdest sicherlich auch wissen wollen, was ich mit unserem Geld mache, heimlich.«

»Würde ich nicht! Weil ich nicht wie du davon ausgehe, dass du etwas Unanständiges tust!«

Wenn du wüsstest, dachte Vera.

»Ricci, ich vertraue dir doch. Ich regele nur all deine Sachen, bis hin zu deiner Steuererklärung, dabei ist es mir eben aufgefallen ...«

Ricci öffnete die Balkontür und trat hinaus. Vera folgte ihm. Die Körbe am Strand standen in Reih und Glied. Ab Höhe des Hotels Columbia wirkte die Promenade wie die am Ipanema-Strand in Rio. Ricci und Vera hatten dort vor Jahren einen schönen Urlaub verbracht. Jetzt standen sie hier.

»Komm mal her!«, sagte Ricci, als wäre ihm gerade dasselbe wie Vera durch den Kopf gegangen, und legte ihr den Arm um die Schulter.

»Was bedeutet uns schon Geld. Ich habe ein bisschen gespielt und öfter mal nach den Gigs die Musiker eingeladen. Wenn ich die Travemünder Woche hinter mir habe, dann hört das auf. Versprochen.«

»Okay«, sagte Vera und glaubte ihrem Mann kein Wort.

Hatte es wieder angefangen? Tat er das, was ihm vor ein paar Jahren schon mal nachgesagt wurde? Als er Vera glaubhaft weisgemacht hatte, dass alles nur miese Unterstellungen seien. Als Vera ihm geglaubt und sie gemeinsam beschlossen hatten, viel Geld dafür zu bezahlen, dass wieder Ruhe in ihr Leben einkehrte.

Vera blickte über den Strand. Über Niendorf war der Himmel bedeckt, mit dunklen Wolken, die nach Timmendorf zogen.

4

Das Maritim hatte zwei weit auseinanderliegende Ausgänge – einen zur Trelleborgallee und einen zur Strandpromenade hin. Um beide im Blick haben zu können, müsste Nina sich in der Lobby aufhalten, doch dann würde Ricci Bell sie vielleicht entdecken, wenn er das Hotel verließ, und sie wiedererkennen, wenn sie ihn später verfolgte.

Nina setzte sich deshalb in den Raum, der für Raucher eingerichtet war und durch eine Glasscheibe Sicht in die Lobby und die aus den Hoteletagen kommenden Fahrstühle bot. Sie nahm sich eine Zeitung und legte sie aufgeschlagen neben sich, sodass sie ihr Gesicht dahinter verstecken konnte, wenn Ricci Bell die Lobby betrat. War Nina so nervös, weil ihr diese Vorgehensweise so laienhaft, beinahe absurd vorkam? Oder weil sie befürchtete, dass ein Hotelangestellter sie vertreiben könnte, da sie kein Gast des Maritim war? Weshalb zitterten ihre Hände, als sie sich eine Zigarette ansteckte? Es ging doch nur um eine Observation und nicht um Mord, wie bei ihrem ersten großen Auftrag vor einem Jahr.

Vergangene Nacht hatte Nina nicht schlafen können. In die Gedanken über ihren neuen Auftrag mischte sich immer wieder das, was die Hellseherin Rosa Rialto gesagt hatte. Über Nina. Und ihren Vater, der noch leben könnte. Schließlich war Nina aus ihrem Bett aufgestanden und hatte im Internet über Ricci Bell recherchiert. Es hatte sie überrascht, wie viele Bilder und Berichte es über den Sänger gab, so viele, als wäre er einer der berühmtesten Männer Deutschlands.

Nachdem sich Nina die wichtigsten Seiten über Ricci Bells Auftritte, Songs und Fans angesehen hatte, stieß sie auf ein paar ältere PR-Meldungen, in denen die Vermutung geäußert wurde, dass der Sänger minderjährige Mädchen mit auf seine Hotelzimmer genommen hatte.

»Ricci Bell – der Mädchenverführer!« lautete die Schlagzeile einer überregionalen Zeitung. »Mädchen liegen ihm zu Füßen – auch in seinem Hotelzimmer?«, hatte eine andere gefragt.

Eines der Mädchen, dessen Name die Redaktion verfremdet hatte, war in einem Artikel über Ricci Bell zitiert worden. Es gab vor, dass sie und Ricci ein Liebespaar wären. Das Mädchen war erst siebzehn Jahre alt. Kurz darauf verschwand der Skandal von den Titelseiten, und es erschienen keine weiteren Veröffentlichungen mehr.

Nina lud sich verschiedene Fotos von Ricci Bell herunter und druckte sie farbig aus. Sie konnte sich kaum vorstellen, dass ein minderjähriges Mädchen sich mit einem dreißig Jahre älteren Mann auf ein Hotelzimmer begab. Auch nicht, wenn dieser Mann Ricci Bell hieß. Aber Nina konnte sich einiges nicht vorstellen, was Menschen taten.

Befürchtete Vera Schwab, dass ihr Mann wieder etwas mit jungen Mädchen angefangen hatte? Hier in Travemünde? Sollte Nina etwa in einem Fall von Missbrauch ermitteln?

Nina hatte den Auftrag zugesagt, für dreihundertfünfzig Euro am Tag. Das waren mehr als dreitausend Euro, die Nina während der Travemünder Woche verdienen konnte. Dafür müsste sie viele Übersetzungen aus dem Englischen anfertigen, wenn sie denn überhaupt Aufträge für Übersetzungen bekam.

Sie hoffte, dass die damalige Geschichte mit dem jungen Mädchen lediglich eine miese Unterstellung einiger Zeitungen war, die im sogenannten Sommerloch ihre Auflagenzahlen halten wollten, und dass sie bei ihrer Observation nur hinter eine Affäre mit einer erwachsenen Frau kam.

Während ihrer Internetrecherche stellte Nina fest, dass Ricci Bell außer »Auf allen vieren ins Glück« eine Menge weiterer Songs veröffentlicht hatte, die sich allerdings deutlich von seinem großen Hit unterschieden. Während »Auf allen vieren ins Glück« auf Deutsch eine kleine Geschichte über zwei Freunde auf der Suche nach dem großen Glück erzählte, hatte Bell danach nur noch CDs mit englischsprachigen Liedern veröffentlicht. Der Verkaufsrang bei Amazon und die Menge der Klicks der Leute, die sich die dazugehörigen Videos auf

Youtube ansahen, verrieten jedoch, dass das kaum jemandem gefiel. Es existierte sogar eine CD, auf der er es mit Jazz versucht hatte. Diese wollte offensichtlich erst recht kaum jemand hören. Eine CD, auf der Ricci Bell ein paar Songs erfolgreicher Bands gecovert hatte, lief dagegen recht gut, auf dieser war allerdings auch sein Hit »Auf allen vieren ins Glück«.

Nina stand auf und goss sich Kaffee aus einer der für rauchende Hotelgäste bereitgestellten Kannen in eine Tasse. Als sie zu ihrem Tisch zurückkehrte, sah sie ihn – Ricci Bell. Er ging auf die Rezeption zu, besprach etwas und verließ danach das Hotel in Richtung Trelleborgallee. Nina stellte hastig ihre Tasse ab, wobei sie etwas Kaffee verschüttete, und eilte Ricci Bell nach. Vor der Tür des Hotels stieß sie fast mit ihm zusammen. Sie roch einen Moment lang das Parfüm, das aus seiner schwarzen Lederjacke stieg. Bvlgari Man, tippte Nina. Ziemlich schwul, befand sie. So gelassen wie möglich ging sie zu ihrem Motorroller, den sie unweit der Einfahrt des Hotels geparkt hatte.

Ricci Bell stand am Eingang und wartete. Nina vermied es, zu ihm hinzusehen, indem sie so tat, als müsste sie im Aufbewahrungskoffer hinter dem Rücksitz etwas sortieren. Dann prüfte sie die Tankanzeige und den Reifendruck.

Worauf wartete Ricci Bell vor dem Hotel? Auf wen? Wie lange konnte Nina es noch hinauszögern loszufahren, ohne dass es auffiel?

Ricci Bell nahm die Ray-Ban-Brille von den Augen. Sein Blick traf sich mit dem Ninas. Eilig stieg sie auf den Roller und fuhr die Auffahrt hinunter. Bei dem dort angrenzenden kleinen, alten Minigolfplatz parkte sie hinter einem großen Baum.

5

Florian Winter überlegte, ob es ein Fehler gewesen war, dem Wunsch Ricci Bells, sich mit ihm in Florians Wohnung zu treffen, nachzukommen. Ricci Bell hatte als Grund vorgegeben, zu prominent zu sein, um sich in Timmendorf in der Öffentlichkeit zu zeigen. Florian bezweifelte dies. Kaum jemand würde Notiz von ihnen nehmen, wenn sie sich im Café Wichtig oder Café Fitz träfen. Dort saßen täglich einige Leute, die prominent aussahen. Vielleicht würden sich ein paar Timmendorfer, die Florian vom Sehen kannten, fragen, wie *er* dazu käme, mit Ricci Bell verabredet zu sein. Was er wohl mit diesem Star zu bereden hätte? Ob sie etwas verbinde?

Es verband Florian seit Jahren etwas mit Ricci Bell – ein Geheimnis. Eines, auf das sich Florian eingelassen hatte. Eines, mit dem er nicht mehr länger leben wollte.

Florian sah nervös auf die Uhr. In wenigen Minuten würde der »große« Ricci Bell bei ihm eintreffen. Florian hatte versucht, in seiner kleinen Bude aufzuräumen und etwas Platz zu schaffen. Doch wohin mit den Surfbrettern, die an einer Wand lehnten, dem Neoprenanzug, der am Haken hing, dem Fahrrad, das er nicht auf der Straße anschließen wollte? Vielleicht würde er bald Geld für eine größere Wohnung haben. Vielleicht nach dem Treffen mit Ricci Bell.

Florian stopfte die DLRG-Klamotten in den Flurschrank. Ricci Bell sollte nicht sehen, mit welcher Arbeit er sich seit geraumer Zeit über Wasser halten musste. Er schloss die Tür des Schrankes und schlug unvermittelt mit der Faust dagegen. Dann noch einmal und noch einmal. So lange, bis seine Hand schmerzte und die Furcht vor dem bevorstehenden Treffen nachließ. Ricci war es doch, für den alles auf dem Spiel stand!

Die Schlagzeile »Ricci Bells dunkles Geheimnis!« in einer großen Tageszeitung erschien vor Florians innerem Auge. Eine weitere Möglichkeit, Ricci Bell unter Druck zu setzen, wenn er sich wieder so sträubte wie bei den letzten Treffen.

Viel zu lange hatte Florian damit gezögert, Druck auszuüben, und war dadurch immer tiefer in ein falsches Leben geglitten.

Florian wollte endlich ein richtiges Leben. Sein richtiges Leben.

Koste es, was es wolle.

Koste es, was Florian wollte.

6

Vera Schwab saß seit etwa einer Stunde am Travemünder Kirchplatz, weit zurückgelehnt in ihrem Autositz, die Fahrertür geöffnet. Sie hatte das Gefühl, seit Stunden nicht geatmet zu haben. Atmen, dachte sie, atmen. Vor der Bücherstube saß eine alte Frau auf der Bank. Ansonsten war der Platz mit dem Brunnen, dessen Skulptur daran erinnerte, dass hier einmal eine Tränke für Kutscherpferde gestanden hatte, menschenleer. Ein Bus kam und hielt. Eine junge Frau stieg aus und steuerte auf die kleine Bäckerei zu. Vera nahm ihre Tasche, schloss die Autotür und ging der Frau nach.

Im Geschäft umfing sie der Duft von frischen Heißwecken und Brötchen. Vera kaufte sich einen Kaffee und ein Stück gefüllten Bienenstich. Sie konnte sich nicht erinnern, wann sie solch einen Kuchen zuletzt gegessen hatte.

Als sie den Laden verließ, fiel ihr ein kleiner Aushang am Fenster auf: »Ferienzimmer zu vermieten. Bitte im Geschäft nachfragen.«

Vera setzte sich auf eine der Bänke vor der Kirche und biss in den Kuchen. Creme kleckerte heraus und landete auf ihrer Jeans. Als sie den Plastikdeckel vom Kaffeebecher ablöste, konnte sie diesen kaum halten, weil er so heiß war. Kaffee schwappte heraus. Vera musste lachen, denn irgendwie ging in letzter Zeit zu vieles schief.

Sie ließ Kaffee und Kuchen auf der Bank zurück und fragte im Bäckereigeschäft nach einem feuchten Tuch, um sich zu reinigen.

Als sie zurück zur Bank kam, saßen zwei Wespen auf dem angebissenen Bienenstich. Vera verscheuchte sie und aß den Kuchen weiter. Die Wespen setzten sich auf den Fleck auf ihrer Jeans. Sollten sie doch, Vera hatte keine Angst vor ihnen. Als Kind hatte sie gelernt, dass Wespen nur stachen, wenn sie in Bedrängnis kamen. Bienen verhielten sich ähnlich. Veras

Vater, der in Niedersachsen mit großen Obstplantagen viel Geld verdient hatte, hatte es ihr beigebracht.

Eine Wespe startete erneut einen Anflug auf den Bienenstich in Veras Hand. Vera ließ das Tier auf ihre Finger krabbeln, nahm den Kuchen in die andere Hand und aß den Rest. Sie beobachtete die Wespe, die offenbar in der zuckerigen Cremespur an Veras Finger noch genügend Nahrung fand, und fühlte schmerzlich, wie sehr ihr Vater ihr fehlte. Immer dann, wenn sie mit jemandem über etwas sprechen musste, worüber sie ansonsten mit niemandem reden konnte, setzte diese Sehnsucht ein. Ihrem Vater hatte sie alles anvertrauen können, und er hatte immer einen guten Rat für sie gehabt. Als vor ein paar Jahren die Geschichten begannen, die Vera mit Ricci durchstehen musste, hatte sie ihren Vater nicht mehr um Rat fragen können, denn er war bereits verstorben. Vielleicht war es gut so, dachte Vera, vielleicht hätte ihn ansonsten umgebracht, was seiner Tochter in ihrer Ehe widerfuhr. Sicherlich hätte ihr Vater versucht, sie zur Trennung von Ricci zu bewegen, was Vera keinesfalls gewollt hätte. Damals jedenfalls nicht.

Veras Vater hatte der Heirat mit Ricci sehr skeptisch gegenübergestanden. Zum einen, weil ein bodenständiger Mensch wie er sich kaum vorstellen konnte, dass man als Künstler eine Familie ernähren konnte. Zum anderen, weil ihm Ricci nicht sympathisch war. Doch Veras Vater hatte die Größe besessen, seiner Tochter zu vertrauen, die richtige Entscheidung zu treffen. Er wollte, dass sie glücklich wurde. Vera war glücklich, sehr lange sogar.

Nun saß sie hier, auf dieser Bank auf dem Kirchplatz in Travemünde, und bezweifelte, dass sie jemals wieder mit ihrem Mann glücklich sein würde. Mit ihm schlafen konnte sie schon lange nicht mehr. Seit damals die Gerüchte aufkamen, dass er junge Mädchen bevorzugte, kostete es Vera Überwindung, ihren Mann anzufassen.

Vera schnippte die Wespe weg, warf den Kaffeebecher in den Papierkorb und ging zu ihrem Wagen. Sie goss sich aus einer Flasche Wasser über die Hände und rieb sie mit Tempotüchern ab. Sie startete den Motor, stellte ihn wieder aus und ging noch einmal in die Bäckerei.

»Hat es geschmeckt?«, fragte die freundliche Verkäuferin.

Vera nickte lächelnd und zeigte auf den Aushang im Fenster.

»Ist dieses Zimmer noch frei?«

7

Der Taxifahrer fuhr in einer scharfen Kurve der Brodtener Straße abrupt rechts heran und hielt, um einem entgegenkommenden Bus Platz zu machen. Die Straße zwischen zwei Feldern war so schmal, dass stellenweise die Autos nicht aneinander vorbeikamen. Nina wäre mit ihrem Roller beinahe auf das Taxi geprallt, in dem Ricci Bell saß.

Sie hielt das Gesicht nach unten, bis das Taxi anfuhr, und wartete eine Weile, bis sie die Verfolgung wieder aufnahm.

Ihr königsblauer Roller funktionierte nicht nur wie ein neuer, sondern sah auch so aus, obwohl Nina ihn gebraucht gekauft hatte. Es war keine kleine Knatterkiste mit fünfzig Kubik, sondern einer mit über hundert. Nina hatte nicht einmal zwei der Tagessätze ihres Auftrags, den Mörder Elisabeth Bergmanns zu finden, dafür bezahlt.

Das Taxi fuhr die parallel zur Promenade verlaufende Straße durch Niendorf entlang.

Wohin wollte Ricci Bell?

Der Verkehr war eher stockend, weil viele Urlauber im Auto unterwegs waren oder zu Fuß mit schweren Badetaschen in den Händen die Straße überquerten. Ein Paar, das dreiviertellange Hosen im Partnerlook trug, stand dicht an einem extravaganten Haus und drückte sich förmlich die Nasen an dessen Eingangstür platt. Nina wusste nicht recht, was sie von der eigenwilligen Bauweise dieser Villa halten sollte. Sie war in einem reduzierten asiatischen Baustil gehalten und kam wie ein kleiner Palast daher. Im großen Garten standen steinerne Buddha-Skulpturen, goldene Fische schwammen in Teichen.

Niendorf war ansonsten eher ein Ort, der wie ein Fischerdorf anmutete, mit seinem kleinen Hafen, den Buden, in denen fangfrische Fische verkauft wurden, und den vielen, eher biederen Eigenheimen. Ein Ort, in dem die guten Restaurants Fischkiste oder Schipper-Stuv hießen und der bei vielen beliebt war, weil er so ursprünglich wirkte. Es war ebenfalls der Ort, in dem einst die Gruppe 47 tagte, das wusste Nina noch aus ihrem Studium.

Der Übergang von Niendorf zu Timmendorf verlief fließend, gleichgültig, ob man auf der Strandseite auf dem mit hohen Bäumen bewachsenen Weg entlangging oder über die lange Straße von Ort zu Ort fuhr. Und doch wurde deutlich, wann man Niendorf verließ und Timmendorf erreichte. In Timmendorf gab es kaum leer stehende Häuser und nur wenige Bauvorhaben. Viele der Menschen, die hier flanierten, sahen anders aus als diejenigen in Niendorf, auch anders als die in Travemünde. Sie trugen Kleidung, die offensichtlich um einiges teurer war, ziemlich dickgliedrigen Goldschmuck und Sonnenbrillen, deren Markensignets von Chanel oder Versace in der Sonne glitzerten. Sie kamen mit vollen Tüten aus Boutiquen wie Christina's, Sør oder dem Juwelier Lindner und kauften sich zu ihrer neu erstandenen Kleidung von Jimmy Choo oder ihrer Tasche von Prada Parfüms bei Schuback, bevor sie in der Confiserie Leysieffer Kaffee oder bei Gosch edlen Weißwein oder Hugo tranken.

Es verblüffte Nina wieder einmal, in welchem Tempo die meisten Autos die sehr schmale Straße in den Ortskern Timmendorfs einfuhren. Das blumenbepflanzte Rondell vor dem Rathaus wirkte wie das Entree zur Flaniermeile Timmendorfs. Weil sich hier bereits die Außenterrasse des Café Fitz befand, erkannten viele Fußgänger nicht, dass dort das kleine gelb gepflasterte Stück Weg noch als Straße galt.

Auffällig viele Porsches und Jaguars parkten am Straßenrand. Nina überquerte den Platz mit ihrem Roller. Vielleicht hatte Ricci Bell nichts weiter vor, als im Café Wichtig etwas zu trinken und sich bei dieser Gelegenheit ein wenig zu zeigen. Doch das Taxi fuhr weiter. Vorbei an Gregs Galerie, in deren Fenster ein beeindruckendes Kunstfoto von Coco Chanel stand, die aufgerissene Straße entlang, die saniert wurde. Schließlich bog es nach links ab in eine Gegend, die nur noch wenig an die Flaniermeile Timmendorfs erinnerte. In eine Straße, in der heruntergekommene Backsteinbauten aus den fünfziger Jahren standen.

Als das Taxi hielt, fuhr Nina an ihm vorbei, hielt in etwa zweihundert Metern Entfernung und beobachtete im Rückspiegel, dass Ricci Bell bezahlte.

Nina bog eilig in eine Seitenstraße ein und parkte. Sie nahm den Helm ab und sah vorsichtig um die Häuserecke. Der Sänger stieg aus dem Taxi und wartete ab, bis es wegfuhr. Dann ging er ein paar Schritte auf ein anderes Haus zu als das, vor dem er ausgestiegen war. Auf den Klingelschildern suchte er nach einem Namen.

Kurz darauf verschwand er durch den Eingang.

Nina verstaute eilig ihren Helm und nahm den Fotoapparat aus dem Koffer ihres Rollers. Sie ging dicht an der Hauswand entlang auf die Tür zu und fotografierte sämtliche Namensschilder.

Was würde sie antworten, wenn jemand fragte, was sie hier tat? Aufgeregt lehnte sie sich gegen die Haustür.

Die Tür sprang auf.

8

Jan stand zwanzig Minuten eher an der Straße Mittschiffs, als er mit dem Makler verabredet hatte, und war so nervös, als müsste er gleich eine wichtige Prüfung bestehen. Dabei wollte er nur eine Wohnung besichtigen. Eine gemeinsame Wohnung für Nina und sich. Eine, von der Nina noch nichts wusste. Er hätte seinen Vater bitten können, ihm eine schöne Wohnung in guter ostseenaher Lage zu besorgen, doch er wusste, dass es seinen Eltern nicht sonderlich gefiel, dass er wieder mit Nina zusammen war. Es würde ihnen sicherlich noch weniger gefallen, dass Jan beabsichtigte, mit ihr zusammenzuziehen.

»Was findet er nur an diesem Mädchen?«, hatte er seine Mutter seinen Vater fragen hören. »Es ist so ganz anders als wir.«

Jans Mutter hatte damit wohl gemeint, dass Nina nicht zu den Andresens passt, weil sie aus einer anderen Welt kam. Aus einer Welt ohne Vater, in der die Mutter den Lebensunterhalt mit einem kleinen Laden für Kaffee, Eis und Sandspielzeug und später durch Putzjobs in der Maritim-Residenz verdient hatte. Einer Welt, in der man in einem kleinen, engen Haus am Kirchplatz wohnte.

Jans Mutter dagegen hatte niemals arbeiten müssen. Ihr Mann war einer der erfolgreichsten Makler in Schleswig-Holstein. Die Andresens lebten in einer Villa an der Kaiserallee mit sensationellem Blick über die Ostsee.

Nachdem Jan nach dem Jurastudium in Berlin nach Travemünde zurückgekehrt war, hätten es die Eltern gern gesehen, wenn er wieder bei ihnen eingezogen wäre. Platz war genug vorhanden, Jan hätte eine eigene Etage bewohnen können. Doch das hatte er verweigert, und so hatte ihm sein Vater das schöne Büro mit der darüberliegenden Wohnung am Hafen besorgt. Jan fühlte sich darin sehr wohl, doch er hatte das Gefühl, dass Nina nicht mit ihm zusammen in diese Wohnung ziehen wollte. Er hatte die fixe Idee, dass sie sich endlich für ein gemeinsames Leben mit ihm entscheiden würde, wenn auch er einen räumlichen Neuanfang wagen würde. Er musste heute diese Wohnung in der Straße Mittschiffs bekommen.

Das Objekt sah sehr gut aus, und der Preis war so niedrig, dass es kaum wahr sein konnte. Die Quadratmeterpreise in Travemünde bewegten sich in den besten Lagen bei um die viertausend Euro. Hier wollte nun jemand seine große Wohnung nahe dem schönen Godewindpark und nur fünf Minuten vom Strand entfernt für weniger als zweitausend Euro pro Quadratmeter verkaufen. Jan hatte sich als erster Interessent bei dem in Lübeck ansässigen Makler gemeldet und darauf bestanden, auch als Erster die Wohnung besichtigen zu dürfen. Der Makler hatte ihm mitgeteilt, dass es inzwischen achtzig Interessenten für den Kauf der Wohnung gäbe. Das bedeutete, dass Jan sich noch während des Besichtigungstermins für oder gegen die Wohnung entscheiden sollte. Ansonsten würde es jemand nach ihm tun, und das Schnäppchen wäre unwiederbringlich weg.

Es war still in der Straße Mittschiffs. Nicht einmal von der Travemünder Woche war hier etwas zu hören, ein weiterer Grund, der für die Lage der Wohnung sprach. Jan stellte sich vor, wie er Nina am Abend, wenn sie gemeinsam das erste Konzert Ricci Bells besuchten, die Neuigkeit überbrachte.

Er sah auf die Uhr. Noch fünf Minuten bis zum Termin.

Er ging ein weiteres Mal die Straße ein Stück hinauf. Ein Briefträger fuhr mit seinem Fahrrad von Haus zu Haus. Das wird also vielleicht zukünftig unser Briefträger sein, überlegte Jan. Eine Frau goss die Buchsbäume im Vorgarten ihres Hauses. Eine andere las auf ihrem Balkon die Zeitung und schenkte sich dazu Kaffee aus einer in der Sonne funkelnden silberfarbenen Kanne ein. Das werden unsere Nachbarinnen, dachte er. Jemand fuhr in einem Opel Omega Mittschiffs entlang und hielt vor dem Haus, in dem die zum Verkauf stehende Wohnung lag. Jan achtete nicht weiter darauf; durch seinen Vater hatte er eine genaue Vorstellung der Automarken und -modelle, die erfolgreiche Makler fuhren. Opel Omega zählte nicht dazu.

Der Fahrer stieg aus. Ein kurzärmeliges kariertes Hemd, in die Jeans von Barisal gesteckt, braune Sandaletten, eine Aktentasche unterm Arm. Der Mann sah auf die Uhr und schaute sich suchend um.

Jan eilte auf ihn zu und begrüßte ihn.

Nach kurzem Small Talk betraten sie die Wohnung. Die vier großen Zimmer in der Endetage waren lichtdurchflutet, hatten Parkettböden und hohe Decken. Die Küche war modern und edel eingerichtet, das Badezimmer mit Dusche und Wanne ausgestattet. Balkone zu zwei Seiten, was bedeutete, dass Nina und Jan in den Räumen Morgen- und Abendsonne genießen könnten. Von einem Balkon blickte man über den Godewindpark mit seinen hohen Bäumen, glitzernden Seen und pavillonartig angelegten grünen Inseln. Die ganze Wohnung in einem Zustand, dass man nur einziehen und die eigenen Möbel aufstellen müsste. Jan war zum Kauf entschlossen, bevor er noch Gäste-WC und Abstellkammer besichtigt hatte. Der Makler hockte auf einer Fensterbank und tippte etwas in sein Handy.

»Wenn Sie Fragen haben«, sagte er, ohne aufzuschauen.

»Ich finde die Wohnung sehr schön«, sagte Jan. »Ich würde sie gern kaufen.«

Der Makler blickte auf.

»Langsam, langsam, so schnell schießen die Preußen nicht.«

»Doch, ich habe mich entschieden. Sie können alle weiteren Besichtigungstermine absagen.«

Der Makler erhob sich von der Fensterbank.

»Wissen Sie, da kommen extra welche aus Bonn angereist und von noch weiter her. Denen werde ich die Wohnung wie vereinbart noch zeigen.«

Jan reichte dem Makler seine Visitenkarte.

»Das sollten Sie den Leuten lieber ersparen, sie werden umsonst kommen. Ich werde die Wohnung kaufen.«

Der Makler fixierte die Karte, auf der »Rechtsanwalt« stand.

»Normalerweise besichtigen die Leute eine Wohnung und sagen dann, sie würden darüber nachdenken und sich danach bei mir melden.«

»Ich brauche nicht nachzudenken. Ich gebe Ihnen mein Wort, dass ich die Wohnung kaufe. Wir können in der nächsten Woche zum Notar gehen. Die Finanzierung ist kein Problem.«

Das hoffte Jan jedenfalls. Die Wohnung, in der er zurzeit wohnte, hatten seine Eltern gekauft und ihm überschrieben; er konnte sie sicherlich beleihen und danach verkaufen oder vermieten.

»Sie sind Anwalt«, stellte der Makler fest.

»Ist das ein Problem?«, fragte Jan.

»Nein, ganz und gar nicht.«

Jan reichte dem Makler die Hand.

»Dann sind wir also im Geschäft.«

Der Händedruck des Maklers war weichlich.

»Es ist so, dass der Eigentümer der Wohnung sich vorbehalten hat zu entscheiden, wer die Wohnung bekommt«, sagte er.

Jan lachte kurz auf.

»Wir sind hier nicht auf dem Mietwohnungsmarkt.«

Der Makler schaute auf seine Uhr und wedelte mit der Visitenkarte.

»Es wird schon klappen. Ich melde mich bei Ihnen, ich habe ja Ihre Telefonnummer.«

In diesem Moment wurde Jan klar, dass es nicht klappen würde.

Es war, als hätte er nie etwas mehr gewollt als diese Wohnung und man hätte sie ihm weggenommen, bevor er sie bekommen hatte.

»Ich war der Erste, der besichtigt hat. Ich bin der Erste, der zugesagt hat. Sagen Sie das bitte dem Eigentümer!«, verlangte er.

Der Makler ging in Richtung Tür.

»Das mache ich. Versprochen. Es könnte allerdings passieren, dass manche Interessenten mehr Geld für die Wohnung bieten. Dass manche bei diesem niedrigen Preis etwas drauflegen, um die Wohnung zu bekommen. Ich bin dann verpflichtet, die Eigentümer darüber zu informieren. Sie verstehen schon …«

Jan wiederholte, dass er soeben eine Kaufzusage zu den genannten Konditionen gemacht hätte.

Im selben Moment klingelte es an der Tür. Der Makler betätigte den Türöffner.

»Da kommen schon die Nächsten.«

Jan stieg niedergeschlagen die Treppen hinunter. Er hatte diesen Makler unterschätzt, weil er in einem billigen Auto und schlecht sitzender Hose dahergekommen war. Sollte er noch einmal zurückgehen und ihm fünftausend Euro mehr Provision anbieten, damit er Jan die Wohnung verkaufte? Oder würde Jan dadurch seine Chance verspielen, weil er signalisierte, dass er durchschaute, dass es um nichts weiter als einen höheren Kaufpreis und eine höhere Maklergebühr ging?

Ein Pärchen, das im Partnerlook Wolfskin-Sachen trug und aschfahle Haare hatte, stieg die Treppen hinauf. Der Makler rief von oben: »Kommen Sie rein in die gute Stube!«

Jan verließ das Haus.

Er fand, die Leute machten den Eindruck, als könnte für sie die Finanzierung der Wohnung ein Problem werden. Doch Jan wollte heute lieber nicht noch einmal fremde Leute wegen ihres Aussehens unterschätzen. Von klein auf wusste er auch eines von seinem Vater: Die meisten Leute, die viel Geld besaßen, sahen nicht danach aus.

9

Nina fühlte ihr Herz bis zum Hals schlagen, als sie von Wohnungstür zu Wohnungstür schlich, um daran zu lauschen. Wen traf Ricci Bell hier im Verborgenen? Und weshalb? Wusste seine Frau davon, dass ihr Mann in Timmendorf eine Verabredung hatte? Hatte sie das nicht erwähnt, weil sie testen wollte, ob sie von Nina einen lückenlosen Bericht über den Zeitvertreib ihres Mannes bekam?

Aus einer der Wohnungen drang das Geräusch eines laut gestellten Fernsehapparates. Aus einer anderen das regelmäßige Kreischen eines Vogels, der sich wie ein großer Papagei anhörte. Im dritten Geschoss standen schmutzige Kinderschuhe vor einer Tür. Lebte hier ein Kind, das Ricci Bell verheimlichte?

Aus der Wohnung waren die vergeblichen Ermahnungen der Mutter zu hören, das Kind solle endlich ruhig sein. Auf der gegenüberliegenden Seite lehnte ein altes Surfbrett an der Wand. Männerturnschuhe und Surfschuhe standen daneben. Plötzlich war Ricci Bells wütende Stimme zu vernehmen und die eines anderen Mannes. Vor Schreck eilte Nina ein Stockwerk weiter nach oben. Doch die Tür, hinter der Ricci Bell stritt, blieb geschlossen. Nina schlich wieder hinunter. Sie konnte jedoch nichts verstehen. An der Tür stand der Name »Winter«. Wer war der Mann, mit dem Ricci Bell stritt?

Kurz darauf herrschte Stille. Was war geschehen?

Nachdem sie eine Weile vergeblich darauf gewartet hatte, dass noch etwas aus der Wohnung zu vernehmen war, stieg Nina leise die Treppen hinunter. Sie überquerte die kleine Nebenstraße vor dem Haus und betrat eine türkische Imbissbude. Dort ließ sie sich einen schwarzen Kaffee geben und stellte sich an den runden Plastiktisch vor der Tür. Sie zündete sich eine Zigarette an und beobachtete die Fenster, hinter denen sich Ricci Bell aufhielt. Wie lange würde er noch bleiben? Wie lange sollte Nina hier ausharren? Sie schrieb die Straße, die Hausnummer, den Namen »Winter« und die Uhrzeit auf. Bei einer weiteren Zigarette sagte sie sich, dass sie dafür, hier Kaffee zu trinken und zu rauchen, gut bezahlt wurde und es schlimmere Jobs gab.

Plötzlich sah sie Ricci Bell und den Mann, bei dem er zu Besuch war, ans Fenster treten.

Mit ihrer Kamera zoomte Nina das Bild heran. Der Sänger stand sehr dicht mit einem jungen, braun gebrannten, gut trainierten Mann zusammen. Dessen dunkelblonde Haare waren schulterlang, sein Gesicht nur undeutlich zu erkennen.

Nina machte mehrere Fotos von den beiden. Auch eines davon, wie Ricci Bell versuchte, den jungen Mann in die Arme zu schließen. Und wie dieser den Sänger von sich stieß. Ricci Bell unternahm den weiteren Versuch einer Umarmung. Dieses Mal glückte es ihm. Danach verschwanden beide im Inneren der Wohnung.

10

Vera trat mit einem Kaffeebecher auf den Balkon des kleinen Apartments in Travemünde, das sie soeben gemietet hatte, und fragte sich, was sie sich nicht fragen wollte. Benutzte sie Frank? Fühlte er sich von ihr benutzt? Mit jedem Mal, das sie heimlich bei Frank gewesen war, schweiften ihre Gedanken häufiger zu ihm ab. Die Treffen mit ihm waren es, die sie durchhalten ließen, in ihrer Ehe, in ihrem Leben. Neuerdings würde Vera mit Frank am liebsten über all das reden, was sie bewegte. Doch das verbot sie sich. Bereits zu Beginn ihrer Beziehung mit ihm hatte sie ihm sehr deutlich zu verstehen gegeben, dass er nichts, was Veras Leben betraf, ansprechen durfte. Frank hielt sich daran. Bis jetzt.

Es ängstigte Vera manchmal, dass er wusste, mit wem sie verheiratet war. Sie hatte Frank während eines Auftritts von Ricci backstage kennengelernt. Wenn sie ihm in einem anderen Zusammenhang begegnet wäre, dann hätte sie ihm vielleicht einen falschen Namen genannt, vorgegeben, Single zu sein oder eine Familie mit mehreren Kindern zu haben, und dadurch das Risiko, dass ihre Affäre aufflog, geringer halten können.

Bis heute kannte Frank Veras Telefonnummer nicht. Sie rief ihn nur mit unterdrückter Nummer an und hinterließ keine Nachrichten auf seiner Mailbox. Sie war es, die die Treffen mit ihm vorschlug. Frank nahm sich dann immer Zeit für sie. Sie trafen sich niemals in der Öffentlichkeit, sondern stets in seiner Wohnung. Vera holte sich von ihm, was sie brauchte, so auch an dem Tag, bevor sie Ricci nach Travemünde ins Maritim-Hotel fuhr und bereits veranlasst hatte, dass er observiert wurde. Auch etwas, worüber Vera mit niemandem reden konnte. Doch wenigstens fing Frank sie auf, wenn sie an einem Tag wie diesem durcheinander war, ohne dass er nach einem Grund fragte.

Wenn sie ihn getroffen hatte, wünschte sie sich immer ein baldiges Wiedersehen. Oder wenigstens seine Stimme zu hören. Vera rief ihn dann häufig an und sprach mit ihm über Belangloses. Neuerdings hatte sie das Gefühl, ihn zu häufig anzurufen.

War sie verliebt in Frank?

Vera setzte sich auf einen der beiden dunkelblauen Plastikstühle auf dem Balkon und hielt das Gesicht in die Sonne. Am Skandinavienkai lagen zwei Containerschiffe und eine große Fähre, die nach Schweden oder Helsinki, Oslo oder Trelleborg fuhren. Die Ostsee war von hier aus nicht zu sehen, dafür ein kleines Gewerbegebiet, in dem sich unter anderem eine Poliklinik und mehrere Supermärkte befanden. Ricci würde sich keinesfalls hierher verirren.

Vera wählte seine Nummer. Er drückte ihren Anruf weg. Vera versuchte ein weiteres Mal, ihren Mann zu erreichen, vergeblich.

Sie legte das Handy auf den Tisch mit der weißen Plastikdecke und nippte an ihrer Tasse. Erst wenn sie mit Ricci gesprochen hätte, konnte sie sicher sein, eine Weile ihre Ruhe vor ihm zu haben und die Freiheit, lange und ungestört mit Frank zu telefonieren. Mit ihm zu reden würde sie beruhigen, bei dem, was sie gerade tat. Bei dem, was sie plante.

Veras Telefon klingelte.

»Hast du versucht, mich anzurufen?«, fragte Ricci. »Ich bin nicht rangegangen, weil ich gerade eingenickt war.«

Vera hörte keinerlei Geräusche, die von der Travemünder Woche durch das Fenster ins Hotelzimmer ihres Mannes drangen. Wo war er gerade? Es war ihr beinahe gleichgültig.

»Dass du bei dem Lärm vor dem Maritim schlafen kannst«, sagte sie.

»Ja, das wundert mich auch«, antwortete Ricci. »Wäre schön, wenn du jetzt hier wärst. Das Wetter ist toll, und du weißt ja, ich bin auf der Bühne am besten, wenn du bei mir bist.«

Vera sah, dass die Fähre ablegte, und befürchtete, sie könnte zum Abschied aus Travemünde laut tuten. Eilig drückte sie die linke Handfläche gegen die Sprechmuschel.

»Glaub mir, du bist auch sehr gut ohne mich! Toi, toi, toi für heute Abend!«

Die Fähre setzte zum ersten Ton an. Bevor Ricci noch etwas sagen konnte, drückte Vera das Gespräch weg.

11

Nina saß in ihrem »Kinderzimmer« am Laptop und überspielte die Fotos, die sie von Ricci Bell und seinem Freund gemacht hatte. Die Leica hatte sie nach ihrem ersten großen Auftrag gekauft und erwies sich wieder einmal als sinnvolle Investition. Doch es war nicht nur die Qualität der Fotos, die Nina gute Laune bereitete, sondern dass sie bereits am ersten Tag ihrer Observation eine Ahnung hatte, weshalb Vera Schwab ihren Mann beschatten ließ. Ricci Bell hatte tatsächlich eine Affäre. Doch keine Affäre mit einer Frau, sondern mit einem Mann. Wie musste es für eine Frau sein, mit einem Mann verheiratet zu sein, der sie mit einem Mann betrog? Mit einem Mann, der heimlich schwul war? War es noch demütigender, als mit einer Frau betrogen zu werden?

Nina betrachtete die Fotos. Ricci Bell war keine klassische Schönheit, doch er hatte etwas anziehend Jungenhaftes. Er gehörte offensichtlich zu den Menschen, die niemals an Gewicht zunahmen, gleichgültig, wie viel sie aßen und wie alt sie waren. Braunes Haar, blaue Augen. Ein wenig ein Typ wie Alain Delon. Alain Delon für Arme, dachte Nina, denn Delon färbte sich bis heute nicht die Haare, etwas, das Ricci Bell offensichtlich tat. Und war Delon nicht auch schwul? Sagte man ihm nicht eine Affäre mit Visconti nach?

Sah Ricci Bell schwul aus? Nina hatte keine Ahnung. Sie erkannte Homosexuelle nur, wenn sie diese angeblich weiblichen Posen draufhatten. Diese gewisse Art zu gehen und mit hoher Stimme zu sprechen, diese eigentümliche Art, sich aufzuregen und dabei die Hände hochzureißen. Nina kannte keine einzige Frau, die sich so gab, um ihre Weiblichkeit zu unterstreichen. Bisher hatte sie sich allerdings auch kaum für dieses Thema interessiert.

Ricci Bell wirkte auf sie eher männlich. Wäre er zehn Jahre jünger, hätte sich Nina vorstellen können, mit ihm zu flirten, und wäre nicht darauf gekommen, dass er ihren Annäherungsversuch nicht erwiderte, weil sie eine Frau war.

Sie erinnerte sich an eine Situation, die sie vor einiger Zeit mit Jan in der Strandoase erlebt hatte. Sie saßen in der Abendsonne in zwei der neuen Korbsessel und tranken etwas. Irgendwann bemerkte Nina, dass ein etwa gleichaltriger, sehr attraktiver Mann immer wieder zu ihnen herübersah. Wie konnte er mit Nina flirten, während sie hier mit ihrem Freund saß? Heimlich erwiderte sie die Blicke des Fremden. Irgendwann entschuldigte sich Jan, um auf die Toilette zu gehen. Auch der fremde Mann erhob sich. Nina überlegte angestrengt, wie sie reagieren sollte, wenn er sie gleich ansprach. Doch der Mann kam nicht zu ihr, sondern ging in Richtung Toiletten.

Als Jan zurückkehrte, sagte er: »Widerlich, diese Typen, die einen auf dem Klo anmachen.«

Nina musste lachen. Der Mann hatte also gar nicht versucht, mit ihr zu flirten, sondern mit Jan.

Zehn Prozent aller Männer sollten angeblich schwul sein. Für Nina unvorstellbar.

Sie ging zur Tür ihres Zimmers und horchte, ob sie noch allein im Haus war. Ihre Mutter brauchte von diesem Auftrag nichts mitzubekommen, denn sie hätte kein Verständnis dafür, dass ihre Tochter versuchte, als Detektivin Geld zu verdienen. Nina gab ihr gegenüber immer noch vor, am Computer in ihrem »Kinderzimmer« an Übersetzungen zu arbeiten. Es hatte sie sehr viel Mühe gekostet, ihre Mutter dazu zu bringen, nicht mehr einfach ohne anzuklopfen in ihr Zimmer zu platzen. Letztendlich hatte nur die Androhung, wieder nach Hamburg zurückzukehren, gewirkt und Nina etwas Privatsphäre geschenkt. Ihre Mutter hatte zur Strafe dann wieder Schmerzen im Rücken und einen drohenden Bandscheibenvorfall vorgetäuscht. Nina ärgerte das mittlerweile kaum noch.

Es war noch still im Haus.

Nina gab bei Google den Namen »Winter« und die dazugehörige Adresse in Timmendorf ein. Es öffnete sich eine Seite, auf der zusätzlich der Vorname Florian, eine Telefonnummer und ein Foto gezeigt wurden. Es gab noch vier weitere Links zu Florian Winter. Einer führte zu einer Aufnahme, auf der er mit seinen Kollegen der DLRG zu sehen war. Alle gekleidet in rote T-Shirts mit großer gelber Aufschrift – Rettungsschwimmer beim Wasserrettungsdienst in der Lübecker Bucht.

Nina betrachtete das Foto genauer, die Gesichtsausdrücke derer, in deren Mitte Florian Winter stand. Ob sie davon wussten, dass ihr Kollege homosexuell war? Sollte sich ein Rettungsschwimmer als Schwuler outen? Oder war es ein ähnliches Tabu wie unter Fußballern?

Nina sah auf die Uhr. Sie musste sich bald zum Konzert von Ricci Bell umziehen. Was Jan wohl zu ihren Ermittlungsergebnissen sagen würde?

Die Tür klappte.

»Bin wieder da!«, rief die Mutter.

Nina schaltete eilig den Computer aus, ging hinunter ins Erdgeschoss und nahm ihrer Mutter die Einkaufstaschen ab.

»Ich packe die Sachen aus und koche dir erst mal einen Kaffee.«

Die Mutter ließ sich auf einen Küchenstuhl sinken.

»Ach, Kind, ich habe heute schon so viel Kaffee getrunken. Du weißt doch, bei Kilians komme ich nicht weg, bevor ich zwei Tassen getrunken habe und sie mir alles erzählt haben, was ihnen gerade auf der Seele brennt. Aber wir können uns trotzdem raus in den Garten setzen. Ich habe uns Eis mitgebracht. Du isst doch so gern Eis.«

Nina nickte, stellte nur für sich die Kaffeemaschine an und legte die Lebensmittel in den Kühlschrank. Zwei Eis am Stiel ließ sie draußen liegen. Die Lieblingssorte ihrer Mutter. Die Sorte, die Nina noch nie gemocht hatte.

12

Es hatte Zeiten gegeben, in denen hatte Ricci sie geliebt, diese Termine vor oder nach den Auftritten, bei denen ihn Leute von der Presse interviewten und fotografierten oder Fans seine Autogramme verlangten. Am Anfang seiner Karriere war er beinahe süchtig danach gewesen, so gefragt zu sein. Das lag fünfzehn Jahre zurück. Danach hatte er sich an seine Bekanntheit gewöhnt. Inzwischen war ihm vieles, das mit seiner Prominenz einherging, lästig. Manchmal deprimierte es Ricci, wenn er immer wieder sein Gesicht begeistert verziehen und die ewig gleichen Fragen der Journalisten auf eine Weise beantworten musste, als würden sie ihm zum ersten Mal gestellt. Oder wenn er Fans so behandeln musste, als würde er sich tatsächlich über sie freuen.

Ricci holte eines seiner edlen, sportlichen Jacketts aus dem Schrank und legte es aufs Bett seines Hotelzimmers. Er ging ins Badezimmer, um nochmals seine Frisur zu prüfen, die Augenränder abzupudern und die Wimpern und Brauen dunkler zu schminken. Sein Agent hatte ihm vorhin am Telefon gesagt, dass es ratsam wäre, wenn in der Presse auch ein Foto mit Ricci und »seinen« Musikern erscheinen würde. Außerdem hatte er ihn darüber informiert, dass zum Interviewtermin eine junge Frau käme, die an der Ostseeküste einen Fanclub für Ricci gründen wollte. Fotos mit Fans kämen immer gut, denn das vermittle dem Publikum, dass er kein abgehobener Künstler sei.

Der Anruf hatte Ricci schlechte Laune beschert. Noch schlechtere, als er bereits gehabt hatte, nachdem sein Treffen mit Florian Winter in Timmendorf nicht so gut verlaufen war wie erhofft. Ricci hätte die PR-Termine am liebsten verweigert, doch sein Agent hatte ihm sehr klar gesagt, dass Riccis Stern dann noch schneller verglühen würde, als er es in letzter Zeit bereits tat. Er müsse jede Gelegenheit nutzen, um weiterhin in der Öffentlichkeit präsent zu sein. Und sei es so wie heute für Berichte in den Lübecker Nachrichten. Oder in Travemünde Aktuell und der Möwenpost, Zeitschriften, die monatlich kostenlos in allen öffentlichen Einrichtungen in Travemünde auslagen.

Ricci ahnte bereits, wie peinlich das Foto von sich und dem weiblichen Fan darin aussehen würde. Doch als Unterhaltungskünstler kam man eben nur selten in die Zeit oder FAZ. In den letzten Jahren hatte Ricci immer wieder versucht, mit anspruchsvollem Jazz bekannt zu werden. Es hatte nicht funktioniert. Jeder wollte nur »Auf allen vieren ins Glück« von ihm hören. Als Ricci mit seinem Jazz getourt war, hatte er feststellen müssen, dass die eher wenigen Menschen, die in seine Konzerte kamen, davon ausgingen, dass er am Ende des Abends auch seinen Hit sang. Er hatte bald aufgehört, dies zu verweigern, damit die Tourneen nicht wegen mangelnder Kartenverkäufe abgebrochen wurden.

Es hatte Zeiten gegeben, in denen ihn die Erkenntnis, auf nur »Auf allen vieren ins Glück« reduziert zu werden, heruntergezogen hatte. Inzwischen war sie ihm gleichgültig. Er war ein Profi im Showbiz und würde gleich souverän den in der Lobby des Maritim-Hotels angesetzten Pressetermin mit seinen Musikern und das Fotoshooting mit dem Fan hinter sich bringen. Danach würde er seinen ersten Auftritt während der Travemünder Woche absolvieren, so wie die anderen über einhundert Auftritte im Jahr auch.

Wenn Ricci doch mal wieder damit haderte, dass alle nur »Auf allen vieren ins Glück« von ihm hören wollten, dann tröstete ihn die Tatsache, dass er mit diesem Song seit fünfzehn Jahren viel Geld verdiente. So viel Geld, dass er es manchmal selbst unglaublich fand. Die Honorare für Auftritte, die Erlöse aus den CD-Verkäufen, die Ausschüttungen der GEMA … Vor Jahren war der Hit sogar für einen Film eingekauft worden. Danach wurde er jahrelang für einen Werbespot für ein Sommergetränk, das seinen Namen trug, verwendet. »Ricci«, ein Gemisch aus Campari, Wodka, Orangensaft, Wasser und

Zitrone, war ein paar Jahre lang groß in Mode gewesen, so wie es heute Hugo und Aperol Spritz waren.

Ricci trat dichter an den Spiegel heran. Vielleicht hätte seine Frau ihm doch seine Haare nachtönen sollen? Er hängte das Jackett zurück in den Schrank und holte stattdessen seine Lederjacke hervor. Wenn er sie trug, fand er sich jung. Jung genug, um an der Seite eines jungen Fans fotografiert zu werden.

Nadine Liebig, so heiße die Frau, hatte ihm sein Agent gesagt. Nadine Liebig. Der Name hörte sich nach einem jungen Mädchen an.

Riccis Laune besserte sich.

13

Der Wind wehte stark auflandig. Manche Segler machten den Eindruck, dass sie in ihren Booten rasanter von der Ostsee in die Trave einliefen, als sie es vorhatten. An der »Beach Area« thronte im Sand ein riesiger Würfel, in den vier Bildschirme integriert waren. Auf einer fünfzehn Quadratmeter großen LED-Wand erlebten auch an diesem Tag viele Zuschauer von der Holztribüne aus die kommentierten Segelrennen, die gerade auf der Ostsee stattfanden, per Live-Stream mit. Eine Neuheit auf der Travemünder Woche, die in diesem Jahr zum einhundertvierundzwanzigsten Mal stattfand. 1889 waren die Hamburger Kaufleute Hermann Wentzel und Hermann Dröge vor Travemünde um die Wette gesegelt. Der Sieger hatte eine Flasche Lübecker Rotspon erhalten. 2004 wurde der Rotspon-Cup ins Leben gerufen, bei dem der Lübecker Bürgermeister gegen Bürgermeister anderer Städte antrat.

Zwei- bis dreitausend Segler feierten jedes Jahr das sportliche Großereignis mit immerhin über dreihundert Wettfahrten in zweiunddreißig Bootsklassen. Für viele der etwa eine Million Besucher, die heute und in den kommenden Tagen hier sein würden, war die Travemünder Woche aber vor allem eines: ein großes Volksfest.

Alle paar Meter spielten Musiker auf kleinen oder größeren Bühnen. Die meisten coverten erfolgreiche Songs. Immer wieder erklang irgendwo Achim Reichels »Aloha Heja He« oder Wolfgang Petrys »Wahnsinn«. Einer, der dieses Lied nachsang, hatte sich in »Wolle« verwandelt, indem er sich ein kariertes Hemd übergeworfen und eine Wolfgang-Petry-Perücke aufgesetzt hatte. Am Schlagerland-Express-Stand pries der Verkäufer über einhundertfünfzig CDs von Künstlern an, die schon mal auf der Travemünder Woche zu sehen gewesen waren.

Die größte Bühne stand am Brügmanngarten. Dort würde auch Ricci Bell später auftreten.

Ein roter Luftballon stieg vor dem Maritim in die Höhe und ließ den ältesten Leuchtturm Deutschlands unter sich zurück. Vielleicht stand Ricci Bell gerade am Fenster seines Hotelzimmers und sah wie sie den Ballon fliegen, dachte Nina.

Der Lärm der Musik, der aus verschiedenen Lautsprecherboxen der Aussteller und von den Bühnen kam, hallte über die Promenaden und die große Wiese vor dem Maritim und kam wie ein Echo zurück.

Vor einigen Jahren hatte dort noch eine Schwimmhalle gestanden, an die eine Einkaufs- und Restaurantmeile anschloss. Dort hatte unter anderem Ninas Mutter ihren kleinen Laden für Strandbedarf betrieben. Dreißig Jahre lang. Nina hatte einen Großteil ihrer Kindheit in ihm verbracht. Es war noch nicht lange her, dass das gesamte Areal abgerissen wurde. Schnell hatten sich die Menschen an die große Wiese und die neu hergerichtete, großzügige und fast weiße Promenade gewöhnt. Sämtliche geschickt eingefügten Sitzmöglichkeiten in Form von breiten Treppenabsätzen, Pollern und Bänken waren an diesem Abend belegt. Auch die Stühle und Tische vor den zahlreichen Bars und Bierständen waren bevölkert. Ein Trio spielte in einem Zelt. Bei »Tschingderassabum« fiel plötzlich ein älterer Mann von der Sitzbank. Gäste wollten ihm aufhelfen.

»Hört auf, ich bin nicht betrunken!«, schimpfte er und wehrte die Helfer ab. Bei »Lasst die Gläser klingen« saß er wieder am Tisch und nahm den nächsten Schluck.

Nina ging lachend auf Jan zu, der wie verabredet am Geländer zwischen Promenade und Strandoase wartete. Die Band auf der Festivalbühne am Brügmanngarten spielte einen Song von Suzi Quatro. Die Sängerin trug dazu das passende Suzi-Quatro-Outfit. Viele Leute im Publikum sangen mit. Fast alle hielten volle Gläser in den Händen. Einen Augenblick lang glaubte Nina, Ricci Bells Ehefrau in der Menge entdeckt zu haben. Im nächsten Moment war dort niemand mehr, der wie Vera Schwab aussah.

Und dort, war das der Mann aus Timmendorf, in dessen

Wohnung Ricci Bell heute gewesen war? Oder ein Segler, der ihm ähnlich sah?

»Ich muss dir unbedingt etwas erzählen!«, sagten Nina und Jan im selben Augenblick. Sie lachten.

»Du zuerst!«

»Wenn zwei Menschen zur selben Zeit dasselbe sagen, dann leben sie noch mindestens ein Jahr zusammen«, meinte Jan.

»Lass uns erst mal was trinken!«, sagte Nina.

Jan blickte zur Cocktailbar, an der sich Menschen drängten. »Was hättest du gern?«

»Einen Ricci!«, antwortete Nina.

14

Sie war immer davon überzeugt gewesen, dass er nett ist. Doch dass er so nett ist! Ihre Freundinnen würden staunen, wenn sie die Fotos in den Zeitungen sähen. Genauer gesagt, ihre Klassenkameradinnen, denn wirkliche Freundinnen hatte Nadine nicht. Doch das änderte sich vielleicht, wenn sie Nadine und Ricci zusammen auf Bildern sehen würden. Wie er den Arm um ihre Schulter gelegt hatte. Der Duft seiner Lederjacke und seines Parfüms hatte Nadine ganz schwindelig gemacht. Sie war überrascht, dass Ricci nicht so groß war, wie er ihr sonst während seiner Auftritte auf Bühnen oder im Fernsehen vorkam. Weil sie ihm nicht so klein vorkommen wollte, hatte sie sich extra ihre Sandaletten mit den hohen Keilabsätzen angezogen.

Aufgeregt beantwortete sie einem Journalisten die Fragen über den Fanclub, den sie gründen wollte. Obwohl er bisher eher als Vorwand gedient hatte, um in die Nähe ihres Stars zu kommen, musste sie es nun wohl tatsächlich tun. Sie wollte Ricci auf keinen Fall enttäuschen. Er zähle auf sie, sagte er. Auch Nadines Mutter würde endlich größeren Respekt vor Nadine haben, wenn sie die Fotos ihrer Tochter sah. Und künftig ihre Sachen rechtzeitig waschen, wenn Nadine sie für wichtige Termine benötigte.

Nadine saß in der Lobby des Maritim Hotels. Die Musiker waren bereits zum Brügmanngarten gegangen, weil sie vor Riccis Auftritt noch einen anderen Sänger auf der Bühne begleiteten. Ricci hatte Nadine gefragt, ob sie auf ihn warten wolle, während er sich für seinen Gig noch einmal frisch machte. Er hatte ihr angeboten, mit auf sein Zimmer zu kommen. Sie ärgerte sich, dass sie sich nicht getraut hatte. Vielleicht fragte er sie ja nach seinem Auftritt noch einmal.

Nadine zupfte an ihrem T-Shirt. Es war am unteren Rand noch etwas feucht. Hoffentlich hatte Ricci es nicht bemerkt, als er sie umfasste.

Schon einmal hatte ihr die Schlampigkeit ihrer Mutter eine Gelegenheit verpatzt. Als sie ein Date mit Oliver hatte, einem der coolsten Jungs ihrer Klasse. Nadine wusste von ihren Schulkameradinnen, dass Oliver schnell zur Sache kam. Nadine wäre es recht gewesen. Doch während des Dates bemerkte sie, dass ihre Mutter ihre Lieblingsjeans mit den vielen Pailletten am Bund nicht geflickt hatte. Nadine hielt Oliver auf Abstand. So lange, bis er sie als verklemmt beschimpfte und stehen ließ.

Manchmal malte sich Nadine aus, wie anders ihr Leben verlaufen wäre, wenn Oliver damals ihr fester Freund geworden wäre. Wenn ihre Mutter begreifen würde, was Nadine wichtig war. Vielleicht hatte es jetzt aber auch etwas Gutes. Anstatt mit Oliver würde Nadine ab heute Nacht mit Ricci zusammen sein. Sie sei einer seiner treuesten Fans, hatte er gegenüber den Journalisten behauptet. Nadine konnte noch viel mehr für ihn sein. Nach dem Konzert würde sie es Ricci beweisen.

Sie trank von dem Red Bull, das Ricci ihr spendiert hatte, und bemerkte, dass die Frau an der Rezeption sie beobachtete. Die Fahrstuhltür öffnete sich. Ricci. Nadine stand auf, zog ihr T-Shirt glatt und ging mit zitternden Knien lächelnd auf ihn zu. Ricci legte den Arm um ihre Schulter.

»Ich hoffe, ich habe dich nicht zu lange warten lassen.«

Nadine schüttelte den Kopf und zupfte an ihrem T-Shirt.

»Ich mache es wieder gut«, sagte Ricci. »Nach dem Konzert gehen wir irgendwohin, wo wir zwei ganz für uns sind.«

Er meint sein Hotelzimmer, ahnte Nadine, und sein Arm wog plötzlich schwer auf ihrer Schulter.

Zu schwer, um sich noch einmal zu der Frau an der Rezeption umzudrehen und deren neidischen Blick zu genießen.

***

Er wischte seine schweißnassen Hände an seiner Jacke ab. Dabei fuhr er über den harten Gegenstand, den er bei sich trug. Es war viel zu warm, um eine Jacke zu tragen. Doch er wusste nicht, wo er die Pistole sonst verstauen sollte. Er musste sie in einem unbeobachteten

Moment herausziehen und wieder einstecken können. Er hatte auch Handschuhe dabei. Doch er befürchtete, es würde zu sehr auffallen, wenn er sie bei der Hitze an diesem Abend anzog.

Bereits seit Stunden war er vor Ort. Hatte sich einen geeigneten Platz ausgesucht. Unter Tausenden feiernden Menschen. Für das, was er vorhatte, gab es kein besseres Versteck.

Er wischte seine Hände erneut ab. Jetzt zitterten sie auch noch.

Dann sah er sie.

Sie hatte ihm nicht gesagt, dass sie hierherkommen würde.

Nie sagte sie ihm etwas.

Das musste aufhören.

Dafür würde er heute sorgen.

15

Nina und Jan begaben sich mit ihren mit »Ricci« gefüllten Plastikbechern hinter den kleinen weißen Wagen der Strandoase, von dem aus sie gute Sicht zur Bühne am Brügmanngarten hatten. Sämtliche Bankreihen unter dem weißen Dach, das die Form eines großen Segels hatte, waren dicht besetzt. Alle, die es sich in den danebenstehenden rot bezogenen Liegestühlen und Strandkörben bequem gemacht hatten, konnten, umzingelt von den rund dreitausend umstehenden Menschen, die zur Musik wippten oder tanzten, kaum noch etwas sehen. Die Band, die jetzt auftrat, spielte im Stil der Gipsy Kings und verbreitete eine Stimmung, die gut zur rot untergehenden Sonne passte.

Nina nippte an ihrem bittersüßen »Ricci« und blickte auf das vor ihr liegende Häuschen der Wahrsagerin. Sie beschloss, Jan nicht zu erzählen, dass sie bei Rosa Rialto gewesen war. Sie wollte ihn gern darüber informieren, dass Ricci Bell schwul war. Jan hatte ebenfalls angekündigt, ihr etwas Wichtiges sagen zu wollen. Doch die Musik war viel zu laut, um sich zu unterhalten. Vielleicht war das auch gut so, denn sicherlich wollte Jan wieder einmal das Thema des Zusammenziehens anschneiden.

Nina blickte zum Maritim hinauf. Im nächsten Moment entdeckte sie ihn. Ricci Bell. Er kam über die große Rasenfläche des Hotels, ein junges Mädchen im Arm.

Nina stieß Jan an und deutete hinüber. Der Sänger küsste das Mädchen auf die Wange und verschwand backstage. Das Mädchen stellte sich an den Rand der Bühne und blickte in die Runde, als wollte es sich vergewissern, dass alle gesehen hatten, wer sie soeben geküsst hatte.

Die Gipsy-Kings-Coverband verabschiedete sich mit einem letzten Song. Das Publikum klatschte begeistert und verlangte nach einer Zugabe. Die Bandmitglieder traten hinter der Bühne ab, um kurz darauf wieder hervorzukommen und noch einmal »Bamboleo« zu singen.

Nina kannte die Musik der Gipsy Kings aus ihrer Kindheit. Ihre Mutter hatte Mitte der achtziger Jahre die erste Platte dieser Band besessen und einen Sommer lang fast andauernd gehört. Das lag so unbegreiflich lang zurück, dass es heute kaum noch vorstellbar für Nina war. Ihr Vater lebte damals noch. Nina hatte plötzlich ein bis heute vergessenes Bild vor Augen: Die Gipsy Kings singen »Allegria«. Der Vater kommt in die Küche. Er greift sich seine Frau und wirbelt sie herum. Sie ist überrascht, lacht und beginnt, ausgelassen mit ihrem Mann zu tanzen. Nina sitzt am Frühstückstisch und sieht ihren Eltern zu. Sie ist glücklich.

Es war der letzte Sommer, den Nina gemeinsam mit ihrer Mutter und ihrem Vater erlebte. Kurz darauf verschwand er. Ertrank in der Ostsee. Als ein Sturm sein Boot zum Kentern brachte. Nina erinnerte sich nicht, dass ihre Mutter seitdem jemals wieder die Musik der Gipsy Kings gehört hätte. Hatte sie die Schallplatte ebenso vernichtet wie alles andere, was sie an ihren Mann erinnerte?

Bereits kurz nach dem Unglück existierten nicht einmal mehr Fotos von ihm, was dazu führte, dass Nina kaum noch Erinnerungen an ihren Vater hatte. Manchmal überkam sie der Impuls, nach Dingen zu suchen, die eine Verbindung zu ihm herstellten. Irgendwo musste die Mutter doch etwas aufbewahrt haben. Vielleicht auch die Schallplatte der Gipsy Kings.

Dreißig Jahre war das her. Weshalb dachte Nina in letzter Zeit so häufig an ihren Vater? Vielleicht lag es daran, dass sie ins Kinderzimmer ihres Elternhauses zurückgekehrt war. Sie musste dort endlich wieder raus. Zu Jan ziehen. Oder wieder nach Hamburg.

Das Publikum verlangte nach einer weiteren Zugabe, doch die Band ging jetzt unwiderruflich ab. Der Moderator des Abends bat um Verständnis dafür, dass man sich an einen Zeitplan halten müsse, da auch diese Bühne während der Travemünder Woche nur bis gegen Mitternacht bespielt werden durfte.

Er kündigte den nächsten Act an, der sicherlich für viele der Höhepunkt des Abends sei.

»Begrüßen Sie mit mir zunächst noch einmal die Bandida-Band!«, rief er ins Mikrofon.

Die Musiker kamen auf die Bühne gelaufen und nahmen die Plätze hinter ihren Instrumenten ein.

»Und nun begrüßen Sie mit mir den Mann, der uns bereits seit Jahren mit seinen Liedern erfreut! Ich sage nur eines: ›Auf allen vieren ins Glück‹! Begrüßen Sie mit mir Ricci Bell!«

Ricci Bell trat hinter der Bühne hervor, als hätte er es kaum erwarten können. Er eilte zum Mikrofon, verbeugte sich und warf Handküsse ins Publikum. Die Menschen schrien vor Begeisterung und hatten offenbar augenblicklich die Gipsy-King-Coverband vergessen.

Ricci Bell gab der Bandida-Band ein Zeichen. Die Musiker spielten die Anfangstakte des ersten Songs. Ricci Bell schickte nochmals Handküsse ins Publikum. Einen davon zu dem Mädchen, das vom Rand der Bühne aus zu ihm aufsah.

16

Während Ricci Bells Konzert brach die Dunkelheit über Travemünde herein. Die Musik war zwar nicht nach Jans Geschmack, doch er gestand dem Sänger zu, dass er seinen Job auf der Bühne ziemlich gut machte. Jan stieß lachend seinen Becher »Ricci« gegen den von Nina.

»Auf Ricci!«

»Der ist übrigens schwul!«, rief sie ihm lachend zu.

Jan vergewisserte sich erschrocken, dass das kein Umstehender gehört hatte, danach fixierte er den Sänger, der das junge Mädchen am Bühnenrand anflirtete. »Glaube ich nicht!«

Oder war das Mädchen seine Tochter? Vera Schwab hatte nichts von einem Kind erzählt. Es wäre aber für Ninas Auftrag auch keine notwendige Information gewesen.

Bis auf ein paar unangenehme Annäherungsversuche von Männern auf irgendwelchen Toiletten hatte Jan keine Erfahrungen mit Homosexuellen. Meist erkannte er sie nicht mal als solche. Wenn er ehrlich war, ängstigten ihn Männer, die Männer bevorzugten.

Nach drei gecoverten launigen Songs stimmte Ricci Bell »Auf allen vieren ins Glück« an. Die Menge jubelte und sang das Lied über die noch nicht ganz verlorenen Illusionen zweier Freunde mit. Ricci Bell nahm das Mikro aus dem Ständer und tänzelte auf den Bühnenrand zu. Er bückte sich hinunter und tat so, als sänge er nur für das Mädchen.

Das Mädchen strahlte vor Glück.

Ricci hielt ihm seine Hand hin.

Das Mädchen ergriff sie. Der Sänger zog es zu sich auf die Bühne. Umfasste dessen Schultern, während er sang.

Dem Mädchen zitterten die Knie. Es zupfte an seinem T-Shirt.

Die Musiker der Band spielten, als machte ihnen das gerade besonders viel Spaß.

Plötzlich ein Knall.
Erschrockene Aufschreie.
Lachen.
Ein Showeffekt?
Ricci sang.
Die Musiker spielten.
Das Mädchen löste sich aus der Umarmung des Sängers.
Es glitt langsam an Ricci Bells Körper hinunter.
Zuerst setzte der Gitarrist mit seinem Spiel aus.
Danach der Schlagzeuger.
Das Keyboard verstummte.
Im Publikum wurde es still.
Ricci sang.
Doch sein Mikrofon funktionierte nicht mehr.
Eine Frau schrie.
Eine weitere.
Ricci blickte zu Boden. Das Mädchen lehnte an seinem Schienbein.

Von irgendeiner Bühne an der Strandpromenade schallte der Song »Pretty Woman« herüber.

Hunderte Menschen liefen in Richtung Wiese, in Richtung A-Rosa- und Columbia-Hotel auseinander.

Jan war es, der die Polizei und den Rettungswagen rief.

Später erinnerte er sich vor allem an die vielen Krähen, die nach dem Schuss über dem Strandbahnhof aufgeflogen waren, in der Luft verweilt und erbärmlich gekreischt hatten.

17

Nina rannte auf die Bühne zu. Jan folgte ihr.

Ordnungskräfte knieten über dem leblosen Mädchen, aus dessen Brust unaufhörlich Blut sickerte. Zwei Männer vom Sicherheitsdienst führten den unter Schock stehenden Ricci Bell von der Bühne. Einer seiner Schuhe hinterließ blutige Spuren auf dem Boden. Einige Schaulustige verharrten zwischen den Bankreihen. Andere hatten sich an den Bühnenrand begeben. Einer rief, er sei Arzt, und bot seine Hilfe an. Eilig wurde er hinaufgezogen. Zwei Techniker kamen mit Decken und schirmten die Sicht auf das am Boden liegende Opfer notdürftig ab. Von Weitem waren ein Martinshorn und das schrille Signal eines Polizeifahrzeuges zu hören. Kurz darauf hielten beide Wagen an der Bühne. Die Schaulustigen wichen nicht von der Stelle.

Sanitäter eilten auf die Bühne. Ein weiterer Arzt befühlte den Puls des Mädchens und zog dessen Augenlider hoch. Mit einer Schere schnitt er das pinkfarbene, von Blut durchtränkte T-Shirt auf. Jeder seiner Handgriffe saß. Nach einem Blick auf die Wunde gab er den Sanitätern ein Zeichen. Sie hoben das Mädchen auf eine Bahre und brachten es in den Rettungswagen. Schlossen die Türen hinter sich. Kripobeamte riegelten den Brügmanngarten ab. Sie forderten alle noch verbliebenen Besucher des Konzerts auf, sich nicht zu entfernen. Zwei Beamte suchten zwischen den Bankreihen nach der Tatwaffe. Ein weiterer forderte Verstärkung an.

Nina fühlte sich, als hätte sie versagt. Wäre es ihre Aufgabe gewesen, zu verhindern, dass etwas Schreckliches passiert? Hätte sie mehr tun können, als sich nur mit einem »Ricci« in der Hand über Ricci Bell zu amüsieren?

Sie begab sich zum Backstagebereich.

Der Sänger saß reglos auf einem Stuhl und starrte vor sich hin. Die Musiker seiner Band umringten ihn. Nur der Gitarrist lehnte, abseits auf dem Boden sitzend, an einem Turm aus Bierkisten. Vor Ricci Bell kniete eine Frau, die tröstend auf ihn einredete.

Es war seine Frau. Nina wich zurück.

Vera Schwab hatte vorgegeben, nach Hamburg zurückzufahren. War sie unter den Leuten im Publikum gewesen? So wie der Schütze auch?

Ricci Bell wollte sich vom Stuhl erheben, doch die Kräfte schienen ihn verlassen zu haben. Seine Frau half ihm auf. Sie umarmte ihren Mann. Dabei begegnete sie Ninas Blick.

Nina wandte sich ab und ging zurück zum vorderen Bereich der Bühne. Dort redete Jan mit einem Kripobeamten. Ein Sanitäter stieg aus dem Rettungswagen und schloss behutsam die Tür hinter sich.

Einer der Schaulustigen rief: »Und?«

Der Sanitäter lehnte sich gegen die Fahrertür, zündete sich mit zitternden Händen eine Zigarette an und schüttelte unmerklich den Kopf.

Von den Bühnen an der Strandpromenade waren die Musik und das Gelächter vieler Tausender Menschen zu hören. Ein Spielmannszug marschierte zwischen den dicht an dicht stehenden weißen Buden auf der Promenade Richtung Kaiserallee und spielte »Die Karawane zieht weiter«. Die Musiker, die nach Ricci Bell auftreten sollten und Anzüge aus den siebziger Jahren trugen, kamen arglos auf den Brügmanngarten zu und wurden von Ordnern zurückgehalten.

Über die in Reih und Glied aufgestellten Strandkörbe hinweg sah man eine Fähre in Richtung Schweden fahren, mitten durch die Boote, die an diesem Abend noch ihre Rennen segelten. Die wenigen Wolken am Horizont verloren den letzten roten Schimmer dieses Tages. Jan griff Ninas Hand und zog sie mit sich über die große Rasenfläche. In Richtung Trelleborgallee, in Richtung Hafen, dorthin, wo seine Wohnung lag.

Nina drehte sich immer wieder zur Bühne um. Musste sie nicht dort bleiben und etwas unternehmen?

»Wir können im Moment nichts weiter machen. Ich habe

einem Kripobeamten meine Karte gegeben, falls er etwas von uns wissen möchte«, sagte Jan.

Wollte Nina das? Von der Kripo befragt werden? Mit in Jans Wohnung gehen? Erneut drehte sie sich zur Bühne am Brügmanngarten um. Von Weitem sah sie, dass Ricci Bell den Backstagebereich in Richtung Maritim verließ. Den Arm um seine Frau gelegt, als müsse er sich an ihr festhalten.

Hinter der Cocktailbar, in der »Ricci« verkauft wurde, entdeckte sie dann auch ihn: den Mann, den Ricci Bell in Timmendorf getroffen hatte. Florian Winter.

SONNTAG

1

Vera Schwab schnitt eine Scheibe Schinken klein und mengte sie unter das Rührei auf ihrem Teller.

»Ich möchte, dass du heute mit mir zurück nach Hamburg fährst!«

Ricci trank einen Schluck Kaffee, ließ den Blick aus dem Fenster des Restaurants über die Ostsee schweifen und schüttelte den Kopf.

Vera fühlte Wut in sich aufsteigen. Fast die gesamte Nacht hatte sie ihren Mann in den Armen gehalten und getröstet. Zunächst, weil ihn erschüttert hatte, dass neben ihm auf der Bühne das Mädchen erschossen worden war. Danach, weil ihm bewusst wurde, dass die Kugel ihn hätte treffen können. Und zu guter Letzt, weil ihm von den verschiedenen Getränken aus der Minibar schlecht geworden war. Nun, beim Frühstück, war Vera total erschöpft, und Ricci gab kraftvoll vor: *»The show must go on.«*

»Ich habe einen Vertrag, und den halte ich ein«, sagte Ricci und aß einen Löffel seines Müslis.

Es hatte Zeiten gegeben, in denen hatte sie ihren Mann für seine Berufsehre als Künstler bewundert und ihn auch deshalb in all den Jahren ihrer Ehe darin unterstützt. Doch an diesem Morgen stieg der Verdacht in ihr auf, dass Ricci nur weiterhin auftreten wollte, weil er hoffte, dass die Presse dann über ihn, den mutigen Künstler, berichten und sich dadurch seine CDs besser verkaufen würden. Oder weil er noch etwas anderes in Travemünde vorhatte.

»Matthias …«, sagte Vera, obwohl sie wusste, wie sehr er es hasste, wenn sie ihn bei seinem wahren Vornamen nannte und ihn dadurch daran erinnerte, woher er ursprünglich kam.

Ricci blickte seine Frau an.

»Matthias«, wiederholte Vera. »Irgendein Verrückter hat auf die Bühne geschossen. Er könnte es heute Abend wieder tun. Oder morgen. Oder übermorgen. Du bist mein Mann, und du bist in Gefahr. Ich verlange von dir, dass du mit mir nach Hause fährst!«

Ricci schob den Stuhl nach hinten und ging zum Büfett.

Vera sah durch das Panoramafenster die Ostsee dunkelblau und beinahe glatt daliegen. Unzählige Boote wurden über das glitzernde Wasser gesegelt. Der Strand war bereits recht stark mit Badegästen bevölkert. Ein großer Drachen in Form eines Pinguins segelte durch die Luft. Durch die Lücke zwischen den weißen Buden konnte Vera sehen, dass sich die Menschen an diesem Morgen dicht an dicht über die Strandpromenade drängten. Als wäre nichts geschehen.

Ricci kam mit zwei Gläsern Sekt zum Tisch zurück.

»Ich werde hierbleiben«, sagte er, stellte eines der Gläser vor Vera ab und setzte sich. Vera lehnte sich zurück und verschränkte die Arme über der Brust.

»Und ich werde nach Hamburg zurückfahren.«

Ricci zog die Schultern hoch und trank in einem Zug sein Glas leer.

»Wenn du meinst.«

»Die Polizei wird dich befragen. Sicherlich noch heute«, sagte Vera, als hätte sie einen Trumpf in der Hand.

Ricci schob die noch halb volle Müslischale beiseite und zog die Kaffeetasse dichter an sich heran.

»Soll sie doch.«

»Man wird dich fragen, wie dein Verhältnis zu dem Mädchen war.«

Ricci lachte auf.

»Ach, darum geht es!«

Vera spürte Tränen in sich aufsteigen.

Eilig erhob sie sich. Ihr Mann hatte sie noch nie weinen sehen.

»Entschuldige mich.«

Auf der Toilette kühlte sie ihr Gesicht und die Handgelenke

mit Wasser. Als sie sich im Spiegel betrachtete, bemerkte sie die dunklen Schatten unter den Augen. Das alles tat ihr schon lange nicht mehr gut. Das Leben mit ihrem Mann nicht. Dass sie am Anfang ihrer Ehe alles für ihn aufgegeben hatte, nicht. Dass sie sich seitdem von ihm abhängig gemacht hatte, erst recht nicht. Ihr Vater würde sich im Grabe umdrehen, dachte Vera, wenn er wüsste, dass Vera das gesamte Erbe in Riccis Karriere investiert und mit dem Geld nichts für ihr eigenes berufliches Vorankommen getan hatte.

Liebte Vera Ricci überhaupt noch? Wann hatte sie damit aufgehört? Als das mit den jungen Mädchen anfing? Wann hatte Ricci aufgehört, Vera zu lieben? Als das mit den jungen Mädchen anfing? Was war Liebe überhaupt? »Wenn man möchte, dass es dem anderen gut geht, wenn man *gegenseitig* möchte, dass es dem anderen gut geht, dann ist es Liebe«, hatte mal jemand gesagt.

Vera hatte immer dafür gesorgt, dass es Ricci gut ging. Wenn er in Travemünde blieb, um weiter aufzutreten, würde sie ihn allein hierlassen – etwas, das sie früher niemals getan hätte.

»Was wirst du der Polizei antworten, wenn sie wissen möchte, wie dein Verhältnis zu dem Mädchen war?«, fragte sie, als sie sich wieder zu ihrem Mann an den Tisch setzte.

Ricci trank auch Veras Sektglas in einem Zug leer.

»Die Wahrheit.«

»Und die wäre?«

»Ich habe diese Nadine erst gestern kennengelernt. Sie war ein Fan von mir. Sie wollte einen Fanclub gründen …«

Vera lachte auf.

»Sie war eines der Groupies! Und du kennst sie schon länger!«

»Was redest du denn da!«, entgegnete Ricci voller Abscheu.

Im nächsten Moment fasste er über den Tisch und nahm liebevoll Veras Hand.

»Übrigens danke, dass du gestern doch noch zu meinem Auftritt gekommen bist.«

Vera nickte. Sie konnte bis heute nicht einschätzen, wann ihr Mann die Wahrheit sagte oder log. Er war Schauspieler. Nach seiner Ausbildung hatte es für eine Karriere beim Film oder im Theater zwar nicht gereicht, aber im Privatleben spielte er die Rollen, die für ihn gerade von Vorteil waren, perfekt.

»Glaube mir doch, da war nichts«, sagte er.

Vera zog ihre Hand weg. »So wie damals auch nichts war …«

Ricci hob resigniert die Arme. »Jetzt geht *das* wieder los!«

»Ich habe das Thema seitdem nicht wieder erwähnt!«

»Aber du trägst mir die Sache immer noch nach.«

»Ich möchte nicht wissen, wie du reagiert hättest, wenn ich solchen Mist gebaut hätte!«

»Ich habe keinen Mist gebaut!«

»Und ich habe dir damals geglaubt. Wir haben eine Menge Geld dafür bezahlt, dass auch alle anderen dir glauben.«

»Dieses Mädchen damals war total in mich verknallt. Das grenzte doch schon an Stalking. Als ich auf ihre Avancen nicht einging, hat sie diese Behauptungen in die Welt gesetzt. Es war richtig, sie und ihre Eltern mit Geld zum Schweigen zu bringen. Das haben wir doch gemeinsam so beschlossen.«

Ja, das haben wir, dachte Vera. Weil sie ihrem Mann damals noch vertraute, dass er es nicht mit minderjährigen Mädchen auf seinen Hotelzimmern trieb. Hatte sie es getan, weil sie ihm vertrauen wollte? Hätte sie schon damals mehr daransetzen sollen, herauszufinden, was tatsächlich vorgefallen war? Vielleicht würde sie dann heute hier nicht mehr sitzen und müsste erleben, dass das Ganze von vorn losging. Vera war nicht bereit, so etwas noch einmal durchzustehen.

»Ich weiß von den Liebesbriefen, die du seit Wochen bekommst«, holte sie zum Schlag aus.

Ihr Mann wirkte wenig überrascht. »Du weißt doch, dass ich ständig solche Briefe bekomme.«

»Das stimmt nicht. Ich muss es wohl wissen, ich erledige immerhin deine Fanpost!«

Ricci lächelte charmant in die Richtung eines Paares, das ein paar Tische weiter saß und ihn und seine Frau beobachtete. Er beugte sich zu Vera hinüber.

»Ich schwöre, ich habe dieses Mädchen erst gestern kennengelernt. Und jetzt hör gefälligst auf mit diesem Theater!«

Bevor Vera etwas entgegnen konnte, trat ein fremder Mann an ihren Tisch. Er stellte sich als Kommissar Mittermaier vor.

2

Ninas Unbehagen darüber, dass Jan sie und sich als Zeugen im Mordfall des Mädchens zur Verfügung gestellt hatte, erwies sich als berechtigt. Kommissar Mittermaier betrat Jans Büro und blickte Nina mit diesem Ausdruck an, der nichts anderes besagte als: »Nein, bitte nicht *Sie* schon wieder!«

Nina fühlte augenblicklich Trotz in sich aufsteigen, denn Mittermaier hätte sich längst zu einer Entschuldigung dafür durchringen müssen, dass er sie ein Jahr zuvor im Fall Elisabeth Bergmann für die Hauptverdächtige gehalten hatte. Und auch ein Dank wäre angebracht gewesen, denn nur durch Ninas Ermittlungen hatte die Kripo damals den Täter überführen und sich schließlich in der Presse feiern lassen können. Vermutlich wäre der Mörder Elisabeth Bergmanns heute noch frei herumgelaufen, wenn Nina sich nicht so ins Zeug gelegt hätte, um vom Verdacht, etwas mit dem Tod der alten Dame zu tun zu haben, freizukommen. Dabei war sie selbst in Lebensgefahr geraten. Ein Dank und eine kleine Entschuldigung des Kommissars waren also mehr als angebracht.

Nina erwiderte den festen Händedruck Mittermaiers und versuchte, ironisch zu klingen, als sie sagte: »Ja, ich schon wieder. Und ich schwöre, ich habe das Mädchen nicht erschossen!«

»Das hoffe ich doch sehr«, entgegnete der Kommissar und klang eher sarkastisch.

Mittermaier reichte Jan die Hand, setzte sich auf den ihm angebotenen Platz und bedankte sich für die Bereitschaft, als Augenzeugen auszusagen.

Doch was hatten Nina und Jan überhaupt gesehen? Nicht mehr als wohl die meisten der vielen Besucher des Konzerts von Ricci Bell. Jan bat Nina, dem Kommissar von ihrem Auftrag und ihren bisherigen Erkenntnissen zu erzählen.

Was Jan da plötzlich von ihr verlangte, kam ihr wie ein Verrat vor. An Frau Schwab. An Ricci Bell. An Nina selbst.

Wäre sie jetzt mit Jan allein, hätte sie ihn vehement an seine Schweigepflicht als Anwalt erinnert. Unterlagen Detektive ebenfalls einer Schweigepflicht gegenüber ihren Mandanten? Nina musste sich unbedingt darüber informieren.

Sie war als Seiteneinsteigerin in diesen Beruf geraten. Jeder, der irgendwelche Ermittlungen anstellte, konnte sich Privatdetektiv nennen. Nach ihrem ersten Auftrag hatte Nina ein paar Bücher über diesen Job gelesen. Am besten gefiel ihr ein Kriminalroman, in dem die pfiffige Privatdetektivin Pia Petry aus Hamburg auf den etwas betulichen Ermittler Wilsberg aus Münster trifft. Nina hatte das Buch »Blutmond« wohl auch deswegen so gut gefallen, weil Pia Petry manchmal genauso unbedarft an ihre Ermittlungen heranging wie sie selbst. So wie gestern, als Nina nie im Leben auf die Idee gekommen wäre, dass während Ricci Bells Konzerts etwas Furchtbares geschehen könnte.

Ob Vera Schwab sie nach dem gestrigen Vorfall weiterarbeiten lassen würde? Könnte Mittermaier Nina einen Strich durch die Rechnung machen? An dessen Weisungen würde sie sich nicht halten. Dafür war der Auftrag zu gut bezahlt. Gut, dass der Kommissar nicht wusste, dass sie heute noch zu einem Gespräch mit Vera Schwab verabredet war. Jan wusste auch noch nichts davon. Vielleicht sollte Nina ihm nicht mehr alles erzählen.

Jan plauderte gerade aus, dass Nina und er nur deshalb bei dem Konzert von Ricci Bell zugegen waren, weil Nina von dessen Ehefrau den Auftrag erhalten hatte, den Musiker zu beschatten. Irritierenderweise wäre die Ehefrau dann auch beim Konzert anwesend gewesen, obwohl sie vorgegeben hatte, nach Hamburg zurückzufahren. Mittermaier machte sich eine Notiz.

»Nur weil diese Frau zur falschen Zeit am falschen Ort war, heißt das nicht, dass sie das Mädchen erschossen hat!«, wandte Nina ein. So wie ich damals Frau Bergmann nicht vom Balkon gestoßen habe, nur weil ich zur falschen Zeit am falschen Ort war, ergänzte sie in Gedanken.

»Ist diese Frau Schwab noch in Travemünde?«, fragte Mittermaier.

Jan blickte Nina fragend an.

Nina zuckte mit den Schultern. »Keine Ahnung!«

»Aber Sie haben nicht vor, diesem Sänger weiterhin nachzuspionieren?«, fragte der Kommissar.

Nina unterdrückte ein Kopfschütteln und zog die Schultern hoch.

»Ich rate Ihnen mit allem Nachdruck davon ab, weiterhin die Detektivin zu spielen«, setzte Mittermaier nach. »Wir ermitteln in einem Mordfall!«

Die Abfälligkeit, mit der der Kommissar sie Detektivin nannte, bewirkte, dass Nina sich sofort wie ein kleines Kind fühlte, das mal wieder etwas falsch gemacht hatte.

»Das Mädchen, so leid mir dessen Tod tut, interessiert mich überhaupt nicht, sondern nur Herr Bell«, entgegnete sie trotzig.

Mittermaier fixierte Nina. Seine Pupillen verengten sich.

»Der Tod Nadine Liebigs könnte in direktem Zusammenhang mit Herrn Bell stehen. Das Mädchen war sein Fan.«

»Bei allem Respekt«, entgegnete Jan, »der ganze Brügmanngarten war voller Fans.«

»Ja, aber Nadine Liebig war vielleicht mehr als das.«

Wieder einmal verfolgt der Kommissar eine falsche Spur, dachte Nina.

»Sie glauben, dass er etwas mit dem Mädchen hatte?«, fragte sie höhnisch.

Jan war es, der dem Kommissar verriet, dass Ricci Bell vermutlich ein heimliches Doppelleben als Homosexueller führte und dies wohl der Grund war, weshalb die Ehefrau die Observation veranlasst hatte.

Mittermaier wirkte irritiert. Wie jemand, der sich auf sicherem Terrain glaubte und feststellen musste, dass er sich verlaufen hatte. Er fragte nicht einmal mehr, ob es irgendwelche Beweise dafür gebe.

Nina fühlte sich daher nicht veranlasst, dem Kommissar oder Jan zu erzählen, dass auch der Mann, mit dem Ricci Bell offenbar eine Affäre hatte, beim gestrigen Konzert zugegen war.

3

Vera Schwab ließ den Blick von der Alten Vogtei aus in Richtung Hafen schweifen. Die blau-weiße »Finnlines« legte am Skandinavienkai an.

»Ich saß bereits im Auto, um zurück nach Hamburg zu fahren, als sich die Kripo bei mir gemeldet und mich zu einer Befragung nach Lübeck bestellt hat«, sagte sie und wandte sich Nina zu.

»Die Kripo befragt alle, die auf dem Konzert waren und etwas gesehen haben könnten. Herrn Andresen und mich hat sie auch befragt«, erwiderte Nina, als die Bedienung, die soeben zwei Cola light gebracht hatte, weit genug entfernt war.

Vera Schwabs Hände zitterten, als sie das Glas zum Mund hob.

»Und haben Sie etwas beobachtet?«

»Sie hatten bei unserem Treffen gesagt, Sie würden nach Hamburg zurückfahren. Warum haben Sie es sich anders überlegt?«

»Ich hatte plötzlich das Gefühl, bei meinem Mann sein zu wollen. Er liebt es, wenn ich bei seinen Konzerten bin. Aber heute reise ich wirklich ab. Ab heute müssen Sie auf meinen Mann aufpassen.«

Ein großer Eiswürfel schwappte gegen Ninas Schneidezähne. Sie fischte ihn aus dem Glas und schnippte ihn, ohne darüber nachzudenken, auf den Gehweg vor der Alten Vogtei, in dessen Außenbereich Vera Schwab und sie saßen.

»Wie stellen Sie sich das vor?«

»Ich habe keine Ahnung. Aber ihn nur zu beschatten, wird wohl nicht ausreichen. Passen Sie einfach so gut es geht auf ihn auf. Darauf, was er tut. Oder was andere ihm antun könnten.«

War jetzt der Moment, Vera Schwab etwas über das heimliche Treffen ihres Mannes mit einem Mann zu sagen?

»Sie glauben, Ihr Mann geht fremd«, begann Nina.

Vera Schwab holte aus ihrer Handtasche eine Packung Zigaretten von Davidoff.

»Fremdgehen … Ich habe diese Redewendung nie richtig begriffen.« Vera Schwab zündete sich eine Zigarette an. »Mein Mann liebt mich. Und ich liebe ihn. Aber vielleicht hat er da so eine Neigung …«

Wir kommen der Sache näher, dachte Nina.

»Ich würde gern vernünftig für Sie arbeiten, aber dafür müssen Sie mir alles erzählen«, verlangte sie.

Vera Schwab sah der Priwall-Fähre auf der Trave zu, die gerade von der Seniorenresidenz Rosenhof nach Travemünde übersetzte.

»Es gab schon mal Ärger, weil mein Mann vielleicht eine gewisse Neigung hat.«

»Sie meinen, Ihr Mann könnte homosexuell sein«, half Nina nach und empfand etwas Stolz, als sie ihr erstes Ermittlungsergebnis präsentierte. Sie griff nach ihrer Tasche, um die Fotos, die sie von Ricci Bell und Florian Winter gemacht hatte, herauszuholen.

Vera Schwab drückte abrupt ihre Zigarette aus.

»Mein Mann schwul? Wie kommen Sie denn darauf? Ganz im Gegenteil! Leider!« Vera Schwab lachte schrill auf. »Vor Jahren wurde ihm unterstellt, ein minderjähriges Mädchen verführt zu haben. Ein Groupie. Ich konnte mir das damals nicht vorstellen. Doch vor ein paar Wochen fing es wieder an. Zunächst mit Liebesbriefen. Von dieser Nadine. Was danach kam, weiß ich nicht. Gestern stand sie nun sogar neben ihm auf der Bühne. Er hat sie zu sich heraufgeholt. Das hat er übrigens noch nie getan, ein Mädchen zu sich auf die Bühne zu holen.«

»Sie meinen, zwischen Ihrem Mann und Nadine war etwas?«, fragte Nina irritiert. War Mittermaiers Vermutung etwa richtig?

Vera Schwab zuckte mit den Schultern.

»Ich wollte es herausfinden. Mit Ihrer Hilfe. In den letzten Wochen hat mein Mann mehrmals Geld abgehoben. Größere Summen. Ohne mir etwas zu sagen. Vielleicht für das Mädchen. Oder für dessen Eltern, damit sie schweigen. So hat er es auch vor Jahren getan, als er zum ersten Mal seiner Neigung nachging.«

Das Kreuzfahrtschiff »Azzuro« fuhr auf Höhe der Alten Vogtei die Trave in Richtung Skandinavienkai ein. Es war zu groß, um am Terminal am Ostpreußenkai an der Vorderreihe anzulegen. Hunderte Passagiere standen auf den Decks und winkten. Es würde nicht lange dauern, und sie strömten durch Travemünde.

»Und jetzt ist das Mädchen tot …«, überlegte Nina.

Vera Schwab zündete sich eine weitere Zigarette an, nahm einen tiefen Zug und atmete den Rauch langsam aus.

»Vielleicht hat es jemanden gestört, dass dieses Mädchen mit meinem Mann zusammen war. Vielleicht war jemand eifersüchtig.«

»Ich könnte herausfinden, ob Nadine einen Freund hatte«, schlug Nina vor.

Vera Schwab kramte in ihrer Handtasche nach dem Portemonnaie, legte es auf den Tisch und winkte der Kellnerin.

»Ja, bitte tun Sie das. Ich werde nämlich das Gefühl nicht los, dass auch mein Mann in Gefahr ist. Und er, was macht er? Er will unbedingt weiterhin auftreten.«

»Aber weshalb sollte jemand Ihrem Mann etwas antun wollen?«

Vera Schwab blickte Nina an, als wäre sie schwer von Begriff.

»Eifersucht!«

»Sie sollten der Polizei davon erzählen, die kann besser auf ihn aufpassen als ich«, entgegnete Nina.

Vera Schwab gab der Kellnerin ein üppiges Trinkgeld und erhob sich.

»Die Polizei wird ihre Ermittlungen auf den Tod des Mädchens konzentrieren.« Sie lachte höhnisch auf. »Und wie es aussieht, auch auf mich. Weil ich auf das Mädchen eifersüchtig gewesen sein könnte. Bitte finden Sie heraus, ob jemand hinter meinem Mann her ist. Bevor es zu spät ist.«

Nina legte eilig das Foto, auf dem die Umarmung Ricci Bells und Florian Winters zu sehen war, auf den Tisch.

»Kennen Sie diesen Mann?«
Vera Schwab blickte wie abwesend darauf.
»Noch mal, mein Mann ist nicht schwul. Wer soll das sein?«
»Ich werde es herausfinden«, sagte Nina.
Vera Schwab nickte erschöpft und ging davon.

4

Jan hatte das Gefühl, gleich zu implodieren.

Er hatte sich ausgemalt, wie er Nina von der Wohnung, die er Mittschiffs für sie und sich kaufen würde, erzählt. Und wie sehr sie sich darüber freute. Er hatte sich vorgestellt, wie sie die Wohnung gemeinsam einrichteten und dann auf dem Balkon ihres neuen Zuhauses stünden und voller Glück darüber anstießen. Doch der Makler, dem Jan eine Kaufzusage gemacht hatte, meldete sich nicht. Wenn Jan ihn telefonisch erreichte, wurde er von ihm hingehalten.

Jan war Anwalt, doch es fehlte ihm manchmal die Phantasie, sich vorzustellen, welche perfiden Spielchen manche Menschen spielten. Erst nach und nach begriff er, dass der Makler und der Verkäufer es wohl darauf anlegten, durch viele Besichtigungen mehrere Interessenten zu haben, die das »Schnäppchen« unbedingt kaufen wollten und schließlich darum pokerten. So würde der Kaufpreis in die Höhe getrieben, und Verkäufer und Makler würden mehr Geld einnehmen können. Ein solches Verkaufsgebaren war unseriös, es war sogar ungesetzlich.

Jan war Anwalt!

Er griff zum Hörer, um den Makler zur Rede zu stellen und ihm juristische Konsequenzen anzudrohen.

Doch bevor er dazu kam, eröffnete ihm dieser, der Eigentümer wolle die Wohnung einem Bekannten geben. Es täte ihm sehr leid, aber der Eigentümer habe nun mal das letzte Wort.

Jan legte auf, ohne etwas zu erwidern, erhob sich und öffnete das Fenster weit.

Am Hafen wurde von kleinen Kuttern aus fangfrischer Fisch verkauft. Möwen schnappten aufgeregt kreischend nach den Eingeweiden, die die Fischer nach dem Ausnehmen der Dorsche und Barsche ins Wasser warfen. Dahinter der Skandinavienkai, an dem mehrere Fähren und ein Kreuzfahrtschiff lagen. Der Anblick kam ihm heute fremd vor. Wie eine Fassade, hinter der sich etwas verbarg, das nichts Gutes verhieß. Ein Barkeeper hatte Jan mal erzählt, dass sich bei der Schönheit Travemündes die wenigsten vorstellen konnten, wie schlecht es manchen Einheimischen hier ging. Viele der Geschäftsleute vermittelten den Eindruck, dass es um ihre Läden, Hotels oder Restaurants bestens stand. In Wirklichkeit saßen einige von ihnen nachts als Letzte an irgendwelchen Tresen und warteten darauf, den Barkeepern ihr Leid zu klagen – über schlecht gehende Geschäfte, über Konkurse, die drohten oder in die sie bereits hineingeraten waren.

Vermutlich veräußerte so jemand die Wohnung, in die Jan sich verliebt hatte. Dass er sie einem Bekannten verkaufte, konnte bedeuten, dass dieser Bekannte nur die offiziell deklarierte Kaufsumme bezahlte und ein weiterer Betrag als Schwarzgeld floss. Dieses Geld konnte der Eigentümer dann unter seine Matratze schieben, um es so vor den Zugriffen des Finanzamtes und Gläubigern zu schützen. Jan wollte diese Wohnung! Er beschloss, noch heute rechtlich gegen das Verkaufsgebaren des Maklers und des Eigentümers vorzugehen.

Im Vorraum seiner Kanzlei hörte er, dass Nina seine Anwaltsgehilfin begrüßte. Einen Augenblick später betrat sie außer Atem sein Büro.

Ein paar Strähnen hatten sich aus ihrem Pferdeschwanz gelöst, eine fiel ihr übers Gesicht. Es schmerzte Jan beinahe, wie schön Nina war.

Sie ließ sich in den Sessel fallen, in dem kürzlich Kommissar Mittermaier gesessen hatte. Während sie ihm von dem Gespräch mit Vera Schwab berichtete, band sie sich ihre Haare neu zusammen.

»Was hältst du davon?«, fragte sie. »Meinst du auch, dass Ricci Bell in Gefahr sein könnte?«

»Ach was! Wir reden über Travemünde! Hier werden nicht einfach Leute umgebracht, wenn sie einem nicht passen«, erwiderte Jan.

»Offenbar doch. Irgendjemand hat nun mal dieses Mädchen erschossen.«

Jan fing an, auf seinem Schreibtisch Unterlagen von links nach rechts zu sortieren.

»Das wird nichts mit diesem Sänger zu tun gehabt haben. Wer weiß, wovor deine Frau Schwab wirklich Angst hat.«

»Dass der Anschlag ihrem Mann galt und wiederholt werden könnte, davor hat sie Angst.«

»Als sie dich beauftragt hat, wollte sie herausfinden, ob ihr Typ fremdgeht. Sie ist es also, die auf irgendwen eifersüchtig ist. Weil sie Angst hat, ihren berühmten Mann zu verlieren. Aber nicht an den Tod, sondern an eine andere Frau. Und damit das viele Geld, das er verdient. Die hat doch nichts mehr, wenn ihr Ricci sie verlässt. Deine Klientin kann froh sein, dass die Kripo noch nicht auf die Idee gekommen ist, dass sie etwas mit dem Tod des Mädchens zu tun hat.«

Nina erhob sich.

»Mittermaier ist schon darauf gekommen. Er denkt genauso wie du. Aber das ist völlig absurd. Vera Schwab reist doch nicht in Travemünde an und erschießt ein junges Mädchen, während ihr Mann daneben auf der Bühne steht!«

»Vergiss nicht, dass deine Klientin vorgegeben hat, nicht in Travemünde zu sein, wenn ihr Mann auftritt! Ich an ihrer Stelle würde auch die besorgte Ehefrau spielen, um von meiner Tat abzulenken.«

Nina lachte auf.

»Was ist denn mit dir los? Kommst du wieder mit, wenn Ricci Bell heute Abend auftritt?«, fragte sie.

Jan blickte auf das Exposé der Wohnung Mittschiffs. Einen Moment lang überlegte er, Nina die Geschichte zu erzählen. Dann schob er die Blätter unter einen Aktenstapel.

»Nichts. Alles okay. Nur schlecht geschlafen, nach dem, was passiert ist.«

Nina lächelte, denn Jan und sie hatten in der vergangenen Nacht kaum geschlafen. Weil sie wie immer die Finger nicht voneinander lassen konnten, wenn sie in einem Bett lagen.

Jan erwiderte Ninas Lächeln.

»Will der heute tatsächlich wieder auftreten?«

»*The show must go on.* Also, was ist, kommst du mit?«

»Damit ich mich schützend vor ihn in den Kugelhagel schmeißen kann, dem dieser Typ beim Konzert ausgesetzt wird?«

»Ich schmeiße mich in den Kugelhagel. Bleib du nur zu Hause!«

»Du solltest lieber diesen Auftrag hinschmeißen!«, sagte Jan bitter.

Nina warf Jan einen flüchtigen Handkuss zu und ging zur Tür.

»Alles klar. Wir hören voneinander, wenn man wieder vernünftig mit dir reden kann.«

5

Auf einer ovalen blauen Tontafel stand in weißen Buchstaben wie von Kinderhand geschrieben: »Hier wohnen Antje, Uwe & Nadine Liebig«. Während der Fahrt hatte Nina gehofft, ihr würde eine gute Erklärung einfallen, wer sie sei und aus welchem Grund sie Nadines Eltern Fragen über ihre Tochter stellen wollte. Denn weshalb sollten die Eltern des getöteten Mädchens mit einer Privatdetektivin reden, die von der Ehefrau Ricci Bells beauftragt worden war, der vielleicht mit Schuld an Nadines Tod hatte?

Nina parkte ihren Roller. Neben dem schmiedeeisernen Gartentor lagen ein paar Blumen. Das Licht der Kerze, die in einer roten Plastikhülle brannte, war in der grellen Sonne kaum zu sehen.

Das Haus lag weitab von Strand und Promenade in Niendorf. Kaum ein Tourist würde sich hierher verirren.

Hinter der Scheibe eines großen Fensters, in dem Pflanzen blühten, stand eine Frau und beobachtete Nina.

Sie verstaute ihren Helm und öffnete das Tor. Die Frau verschwand vom Fenster und erschien kurz darauf in der Haustür. Nina lächelte ihr entgegen, während sie auf dem betonierten Weg auf sie zuging.

Auf der Wäscheleine hingen längst getrocknete T-Shirts und Hosen.

»Sind Sie von der Presse?«, fragte die Frau und klang dabei irritierend hoffnungsvoll.

Nina unterdrückte den Impuls, die Frage zu bejahen, trat auf Nadines Mutter zu und reichte ihr die Hand.

»Sind Sie Frau Liebig?«

Die Frau nickte.

»Mein herzliches Beileid«, sagte Nina. »Bitte entschuldigen Sie, dass ich störe. Ich helfe bei den Ermittlungen in der schrecklichen Sache, die Ihrer Tochter zugestoßen ist, und würde Ihnen gern ein paar Fragen stellen.«

»Die Polizei war schon hier«, sagte Frau Liebig und schien augenblicklich die Lust an einem Gespräch verloren zu haben.

»Vielleicht möchten Sie Ihren Mann dazuholen«, schlug Nina vor.

»Mein Mann ist arbeiten.«

Antje Liebig wies auf einen blauen Plastikgartentisch und dazu passende Stühle, die offensichtlich schon seit längerer Zeit nur von Vögeln benutzt wurden, die ihre Spuren hinterlassen hatten.

»Setzen Sie sich. Ich hole uns etwas zu trinken.«

Nina nahm auf dem einzigen sauberen Stuhl Platz. Antje Liebig kam mit einer Flasche Wasser, zwei Gläsern sowie einem rosa Schwammtuch wieder, mit dem sie über den Tisch wischte.

»Jeden Tag muss ich das machen. Die Viecher kacken alles voll.«

Sie goss Wasser in die Gläser, wobei einiges danebenging. Sie wischte es mit dem Lappen weg, was eine graue Spur aus verschmiertem Vogelkot auf dem Tisch hinterließ.

Von der Hauswand nahm sie einen leeren Blumentopf, der als Aschenbecher diente, und stellte ihn auf den Tisch. Aus ihrer Hosentasche zog sie eine Schachtel Starlight und steckte sich noch im Stehen eine Zigarette an.

»Auch eine?«, fragte sie.

Nina lehnte dankend ab.

Antje Liebig inhalierte tief und atmete durch die Nase aus.

»Ich habe immer das Gefühl, Nadine ist hier irgendwo. Oder kommt gleich wieder …«

Nina wusste nicht, was sie darauf sagen sollte. Eine Weile herrschte Schweigen. Dann setzte Antje Liebig sich endlich.

»Dabei sind sie vielleicht gerade dabei, meine Tochter aufzuschneiden. Dass sie sie jetzt auch noch aufschneiden, das ist das Schlimmste.«

Am Gartentor blieb ein kleines Mädchen stehen, betrachtete Kerze und Blumen und schaute herüber zum Haus, bevor es weiterhüpfte.

»Von der Presse war noch gar keiner hier«, sagte Frau Liebig.

»Kann sein, dass noch jemand kommt«, meinte Nina.

Wenn es eine Mischung aus Hoffnung und Angst gab, dann spiegelte sie sich jetzt in Antje Liebigs Gesicht wider.

»Eigentlich hätte ich heute arbeiten müssen. Bei Famila in Timmendorf. Aber ich konnte nicht. Mein Mann stürzt sich lieber in seine Arbeit. Der ist auch bei Famila. Männer sind da anders.«

»Können Sie sich vorstellen, wer Ihrer Tochter das angetan hat?«, fragte Nina.

Antje Liebig presste die Lippen zusammen und schüttelte langsam den Kopf.

»Hatte Nadine einen Freund?«, fragte Nina.

»Sie war erst sechzehn!«

Nina zuckte mit den Schultern. »Ich war fünfzehn, als ich meinen ersten Freund hatte.«

Antje Liebig zog an ihrer Zigarette und aschte ab, obwohl sie es kurz vorher bereits getan hatte.

»Ich habe nichts von einem Freund mitbekommen. Nadine hat doch nur für diesen Sänger geschwärmt. Diesen Ricci Bell. Ricci Bell vorne, Ricci Bell hinten. Da gab es keinen Platz für einen anderen. Da gab es nur diesen Ricci Bell.«

»War Ricci Bell ihr Freund?«

Antje Liebig lachte kurz auf.

»Der ist doch ein Star! Sie hat für ihn geschwärmt. Wir alle haben doch in dem Alter für einen Star geschwärmt. Ich habe ziemlich lange für Robbie Williams geschwärmt. Richtig verknallt war ich in den. Aber das waren tausend andere Mädchen auch. Für uns alle war er unerreichbar.«

»Ricci war für Nadine erreichbar«, entgegnete Nina. »Sie hat gestern neben ihm auf der Bühne gestanden.«

Antje Liebig zündete sich mit zitternden Händen eine weitere Zigarette an.

»Was wollen Sie denn damit sagen?«

»Vielleicht kannten sich die beiden ja.«

»Das glaube ich nicht! Unsere Nadine war einfach nur einer seiner Fans. Mein Mann und ich konnten es kaum noch ertragen, den Namen Ricci Bell zu hören. Oder seine Musik. Dieses ›Auf allen vieren ins Glück‹. Furchtbar. Aber wir haben unsere Tochter gelassen. Sind doch alles nur Phasen, geht doch alles vorbei.«

»Haben die beiden sich schon vorher mal getroffen? Privat?«

Antje Liebig blickte Nina an, als sähe sie sie zum ersten Mal.

»Darf ich Nadines Zimmer sehen?«, fragte Nina eilig.

Ohne eine Antwort zu geben, ging Antje Liebig mit brennender Zigarette voraus ins Haus. In der Küche stapelte sich schmutziges Geschirr. Der Geschirrspüler stand offen und war nicht ausgeräumt. Auf dem Tisch ein mit Schokoladenglasur überzogener Napfkuchen.

»Hat mir meine Nachbarin rübergebracht«, sagte Antje Liebig. »Ich kann nichts essen. Möchten Sie ein Stück?«

Nina lehnte dankend ab und folgte der Frau in Richtung Treppe ins Souterrain. Entlang an überfüllten Schuhregalen und Garderobenhaken, vorbei an Hauswirtschaftsraum und Heizungskeller, aus denen muffiger Geruch in den Flur drang.

Nadines Mutter blieb vor einer Tür stehen und trat zur Seite.

»Darf ich?«, fragte Nina und betrat den Raum, ohne eine Antwort abzuwarten.

Das Zimmer war so klein, dass das niedrige, gekippte Fenster, das den Blick auf einen Kellerschacht und eine Rasenkante freigab, fast eine gesamte Wand einnahm. Ein ausrangierter Schlafzimmerschrank, dessen Türen offen standen, an einer anderen Wand. Nadines Sachen waren vor allem in Pink und Weiß gehalten. Auf der Innenseite der einen Schranktür befand sich ein Spiegel. Auf der anderen Fotos von Ricci Bell. Dazwischen Zeitungsartikel, auch an den übrigen beiden Wänden über Schreibtisch und Bett.

Jeans und T-Shirts lagen herum, so als hätte Nadine, unschlüssig, was sie anziehen sollte, alles anprobiert, bevor sie das Haus verließ. Auf dem Boden zwei Paar Sneaker, die mit paillettenartigem Glitzer besetzt waren.

Auf dem kleinen Schreibtisch lag neben einer PC-Tastatur ein dickes Buch, auf dessen Deckel eine Autogrammkarte von

Ricci Bell klebte: »Für Nadine! Herzlichst – Ricci«. Nina klappte das Buch beiläufig auf. Es war eine Art Sammelalbum mit Berichten über den Sänger. Zwischen die eingeklebten Artikel und Fotos hatte Nadine Herzchen gezeichnet. Nina drehte sich zu Nadines Mutter um und zeigte auf die Tastatur, zu der der PC fehlte.

»Den hat die Polizei mitgenommen«, sagte Antje Liebig und aschte in ihre zitternde Hand. »Ich weiß nicht, was Sie hier noch suchen. Hier gibt es nichts mehr.«

Nina ging der Frau nach, in Richtung Treppe, die ins Obere des Hauses führte. Erst als sie das Grundstück verließ, hatte sie das Gefühl, auch diesen Keller verlassen zu haben.

6

Vom zwölften Stockwerk des Maritim aus wirkten die Strandkörbe wie eine dicht geknüpfte Perlenkette in Rot-Weiß, Gelb-Weiß, Blau-Weiß. Von hier oben herab beobachtete Ricci die vielen Menschen, die im Brügmanngarten einer Coverband zuhörten, mitsangen, johlten und klatschten. Deren Begeisterung schwappte förmlich wie Wellen auf seinen Balkon hinauf.

Ricci fragte sich wieder einmal, ob es ein Fehler war, dass er immer noch unbedingt als Sänger eigener Songs erfolgreich werden wollte. Die meisten Menschen wollten nur Hits hören, die sie kannten. Altbewährtes, gut nachgesungen. Ricci hatte keine schlechte Stimme, er hatte auch schon so einige berühmte Interpreten gecovert, doch er wollte mit seinen eigenen Liedern so großen Erfolg haben, dass sie dann von anderen gecovert wurden. Musiker, die versuchten, ausschließlich mit Coverhits berühmt zu werden, blieben meist auf der Bühne so austauschbar wie die Bretter, auf denen sie standen.

Ricci dagegen hatte es bisher mit einem einzigen Lied geschafft. Weshalb verschlechterte sich bei dem Gedanken daran seine Laune? Wegen des blöden Vorfalls, der während seines gestrigen Konzerts passiert war? Eigentlich hatte Ricci ihn gut verkraftet. Drei Journalisten hatten ihn heute bereits interviewt und unter anderem auch seine Professionalität bewundert, weil er weiterhin während der Travemünder Woche auftrete. Sein Agent hatte sich mehrmals telefonisch nach Riccis Befinden erkundigt und war voll des Lobes gewesen, weil er die Tour nicht abbrach. Sie hatten überlegt, ob Ricci während seines heutigen Auftritts gemeinsam mit dem Publikum eine kleine Gedenkminute für Nadine einlegen sollte. Das würde sicherlich auch Presse bringen, noch mehr Gratispresse. Ein Geschenk, dachte Ricci, das eigentlich seine Laune heben musste.

Ärgerte ihn immer noch, dass seine Frau ihm unterstellte, mit diesem Mädchen etwas gehabt zu haben, und im Streit zurück nach Hamburg gefahren war? Befürchtete Ricci, dass Veras Sorge, der Anschlag könnte ihm gegolten haben, berechtigt war? Oder war er so mies gelaunt, weil sein gestriges Treffen mit Florian so schlecht verlaufen war? Ricci hatte angenommen, er könnte Florian mal wieder mit der üblichen Summe dazu bringen, endlich Ruhe zu geben. Doch Florian drohte, Riccis Geheimnis zu verraten, wenn er seinen weiteren Forderungen nicht nachkam. Das musste Ricci verhindern, denn wenn aufflog, was die beiden Männer miteinander verband, dann würde sich die Presse auf Ricci stürzen. Mit einer Berichterstattung, die keineswegs ein Geschenk war. Sondern Riccis Tod. Seine Karriere, seine Ehe, sein ganzes Leben wären beendet. Ricci musste Florian zum Schweigen bringen. Endgültig.

Das Telefon klingelte. Ricci eilte ins Zimmer, dabei stolperte er über die Schwelle des Balkons.

»Bitte entschuldigen Sie die Störung, Herr Bell, hier ist die Rezeption. Bei mir ist jemand, der Sie sprechen möchte. Eine Frau Wagner.«

»Kein Problem!«, sagte Ricci und rieb sich den schmerzenden Fuß. »Bitte stellen Sie uns einen ruhigen Raum bereit. Ich bin in zehn Minuten unten.«

Er legte auf und betrachtete sich im Spiegel. Das vierte Interview innerhalb eines Tages. Wenn das kein Grund war, bessere Laune zu bekommen.

7

Die Dame von der Rezeption bat Ricci Bell und Nina, ihr zu folgen, und führte sie in einen der Konferenzräume. Auf dem Weg dorthin griff der Sänger nach einer halb aufgeschlagenen Zeitung, die jemand auf einem der Tische in der Lobby liegen gelassen hatte. Auf der Titelseite ein großes Foto von Ricci Bell. Neben sich das Mädchen, kurz bevor es erschossen wurde.

»Für welche Zeitung schreiben Sie?«, fragte er.

»Ich bin Freie. Ich biete meine Artikel verschiedenen Zeitungen an«, log Nina.

»Darf ich Ihnen etwas zu trinken bringen lassen?«, fragte die Rezeptionistin, nachdem sie das Licht im Raum eingeschaltet hatte.

Nina lehnte dankend ab. Ricci Bell bestellte sich einen Kaffee mit Süßstoff und ein Wasser. Kurz bevor die Hotelangestellte den Raum verließ, rief er ihr noch nach, dass er außerdem gern einen Averna hätte.

Sie setzten sich an einem der langen Tische gegenüber. Ricci Bell legte die Zeitung vor sich hin und strich über das Foto, bis es wieder glatt war. Nina irritierte, dass er Haare auf dem Handrücken hatte. »Nimm dich in Acht vor Menschen, die Haare auf dem Handrücken haben. Sie neigen zu Grausamkeit«, hatte Rosa Rialto gemeint.

Nach etwas Geplänkel Ricci Bells darüber, wie tragisch das alles sei, und Ninas Worten der Bewunderung, wie mutig sie es fände, dass er trotzdem weiterhin in Travemünde bleibe und auftreten wolle, nahm sie einen kleinen Notizblock und einen Stift aus ihrer Tasche.

»Und Sie haben gar keine Angst?«

Ricci Bell schaute Nina an, als wäre die Frage total abwegig. »Wieso sollte ich?«

»Da draußen läuft jemand rum, der auf Menschen schießt, während Sie auf der Bühne stehen.«

»Das hat nichts mit mir zu tun!«

Der Sänger lehnte sich zurück und verschränkte die Arme über der Brust. Nina fiel auf, dass sein Hemd einen Knopf zu weit offen stand und dass er kein Haar auf der Brust hatte. So dicht, wie sein Kopfhaar war, schien er sich die Brust zu rasieren. Vielleicht auch die Beine. Und wer weiß, was noch. Selbst wenn es angesagt war, dass auch Männer keinerlei Haare am Körper mehr hatten, empfand Nina das als peinlich. Als unmännlich. Schwul. Er sollte sich lieber die Haare am Handrücken ausreißen, dachte Nina.

»Sie haben für Ihren Artikel doch sicherlich auch mit der Polizei gesprochen. Wurde dieser Verrückte inzwischen gefasst?«, fragte Ricci Bell.

Nina verneinte. »Die Kripo ermittelt im Umfeld des Mädchens. Wie standen Sie eigentlich zu Nadine Liebig? Kannten Sie sie gut?«

»Sie war nur einer meiner vielen Fans. Es gibt viele, die mich bewundern. Wenn ich in ihrer Gegend auftrete, dann kreuzen sie auf meinen Konzerten auf.«

»Und außerhalb der Konzerte?«

»Ich habe mehrere Fanclubs. Zu denen halte ich Kontakt. Manchmal werde ich zu deren Treffen eingeladen. Es ist wichtig, dass ich mich da ab und zu sehen lasse.«

Ricci Bell blickte auf das Foto in der Zeitung.

»Dieses arme Mädchen wollte auch einen Fanclub für mich gründen. Das kann ich jetzt wohl vergessen.«

»Deshalb haben Sie sich mit Nadine privat verabredet«, sagte Nina.

»Wir haben uns gestern im Hotel getroffen.«

Nina schaute Ricci Bell fest an. Er hielt ihrem Blick stand.

»Nein, nein, nicht, was Sie denken!«

»Jemand könnte das Mädchen erschossen haben, weil es mit Ihnen zusammen war«, behauptete Nina.

»Wir haben nur in der Lobby zusammengesessen und mit Journalisten geredet. Nichts weiter!«

»Nadine hat Sie sehr verehrt. Vielleicht war jemand eifersüchtig. In Nadines Umfeld scheint es da allerdings niemanden zu geben. Keinen Freund, niemanden. Vielleicht ist da ja bei Ihnen jemand.«

Eine Kellnerin brachte den Kaffee mit Süßstoff und das Wasser. Den Averna hatte sie vergessen. Ricci Bell machte sie etwas ungehalten darauf aufmerksam. Nina war das unangenehm.

»Ich dachte, Sie würden nur ›Ricci‹ trinken«, sagte sie, um die Stimmung zu heben. Ricci winkte angewidert ab.

»Ich habe das Zeug nie gemocht.«

Die Kellnerin eilte davon, um den Kräuterlikör zu holen.

Nina musste das Gespräch endlich auf Ricci Bells Freund in Timmendorf lenken. Doch ihr ging auch Vera Schwab durch den Kopf. Weshalb war sie während der Tat in Travemünde gewesen, obwohl sie etwas anderes vorgegeben hatte? Verwickelte sie Nina in einen perfiden Plan, um nach dem Mord an dem Mädchen als Unschuldige hervorzugehen? Nina durfte sich nicht noch einmal für einen solchen Zweck manipulieren lassen. Das wäre ihr bei ihrem ersten großen Fall beinahe zum Verhängnis geworden. Und es hätte sie fast das Leben gekostet.

»Wie steht Ihre Frau dazu, dass Sie weiterhin auftreten?«, fragte sie.

»Meine Frau kennt mich. Die weiß, dass ich Vollprofi bin.«

»Macht sie sich keine Sorgen?«

»Na klar macht sie sich Sorgen, das machen sich Frauen doch immer.«

Ricci Bell sah auf Ninas Ringfinger an der rechten Hand.

»Wenn Sie erst einmal verheiratet sind, dann werden Sie wissen, wovon ich rede.«

»Vielleicht ist die Sorge Ihrer Frau ja berechtigt, weil Ihnen jemand etwas anhaben will?«

Die Kellnerin brachte den Averna. Noch bevor sie den Raum verlassen hatte, leerte Ricci Bell das Glas, rief ihr nach und bestellte einen weiteren. Danach rührte er Süßstoff in seine Tasse Kaffee.

»Es war einfach verdammtes Pech, dass ich gestern neben diesem Mädchen stand. Wäre sie Fan eines anderen Künstlers gewesen, hätte er an meiner Stelle das Pech gehabt. Dass da draußen ein Verrückter herumläuft, der grundlos auf irgendwelche Leute schießt, ist furchtbar. Ich dachte, solche Typen gibt es nur in Amerika. Diese … Mir fällt der Name jetzt nicht ein. Was wollen Sie sonst noch wissen für Ihren Artikel, über mich, den Künstler?«

»Haben Sie eigentlich Freunde hier in Travemünde? Oder in Timmendorf?«

Ricci Bell blickte Nina irritiert an.

»Nein. Ich lebe in Hamburg, dort leben meine Freunde. Und meine Frau.«

Die Kellnerin brachte das gewünschte Glas Averna.

»Sniper«, sagte Nina.

»Wie bitte?«

»Sniper heißen die Leute, die willkürlich auf andere Leute schießen.«

Ricci Bell kippte den Likör hinunter und nickte.

»Kennen Sie einen Florian Winter in Timmendorf?«, fragte Nina.

Ohne zu zögern antwortete der Sänger: »Nein, wer soll das sein? Haben Sie sonst noch Fragen?«

»Danke, das war es eigentlich schon«, antwortete Nina.

Ricci Bell erhob sich.

»Falls Sie für Ihren Artikel noch Material über mich brauchen, wenden Sie sich gern an meine Agentur. Auf meiner Website finden Sie auch einiges.«

Nina verstaute eilig ihr Notizbuch in der Tasche.

Schweigend liefen sie den Weg durch den riesigen Vorraum, von dem die Konferenzräume und Säle abgingen, in Richtung Rezeption. Der Künstler, der in der Lobby seine Galerie betrieb, führte ein Gespräch mit einer Frau über ein großflächiges Gemälde von Wolken und Meer. An der Rezeption checkte eine Gruppe Männer zu einer Tagung ein.

Ricci Bells Handy klingelte. Er nahm es aus der Jackentasche.

»Schon wieder ein Journalist«, meinte er lächelnd.

Nina wollte sich ein paar Meter entfernen. Ricci Bell gab ihr zu verstehen, dass das nicht nötig sei. Er hielt das Telefon ans Ohr, ohne nachgesehen zu haben, welche Nummer es anzeigte. Im nächsten Augenblick wich das Lächeln aus seinem Gesicht.

»Ich habe dir gesagt, du sollst mich nicht anrufen«, sagte er schroff. »Ich rufe dich an!«

»Wir sind noch nicht fertig miteinander«, hörte Nina den Anrufer erwidern. Ricci Bell drückte das Telefonat weg.

MONTAG

1

Die Sonne schien durch die mit Segelbooten bedruckten Vorhänge ihres »Kinderzimmers«, das direkt unter dem Dach lag, und heizte es erneut auf. Nina erwachte kurz nach sechs Uhr. Nach vergeblichen Versuchen, noch einmal einzuschlafen, schlug sie die Decke beiseite und ging unter die Dusche. Als sie in die Küche kam, saß ihre Mutter dort, trank Kaffee und las Zeitung.

Nina küsste sie auf den Kopf.

»Guten Morgen!«

»Guten Morgen, mein Schatz.«

»Wie geht es deinem Rücken?«, fragte Nina.

»Das Wochenende war hart. Gut, dass ich heute freihabe.«

»Travemünder Woche eben«, sagte Nina, während sie sich Kaffee in einen Becher goss. Am gestrigen Abend hatte sie gesehen, dass sogar die Filiale des Stadtbäckers an der Außenpromenade noch bis Mitternacht geöffnet und bis auf den letzten Platz besetzt war.

Der Auftritt von Ricci Bell war ohne Zwischenfall verlaufen. Die Stimmung war so gut, als wäre am Abend zuvor auf der Bühne am Brügmanngarten nichts passiert. Jan war tatsächlich nicht zum Konzert gekommen. Nina hatte ihn vermisst. Sie beschloss, ihn heute anzurufen, und hoffte, dass er inzwischen bessere Laune hatte und sie ihn überreden konnte, bei der Kripo nachzufragen, was diese bereits über den Tod Nadine Liebigs ermittelt hatte.

Nina rührte zwei Löffel Zucker in ihren Kaffee. In leichten Fällen half ihr das gegen einen Kater, in schweren half nur Aspirin. Nachdem sie nach dem Konzert beobachtet hatte, dass Ricci Bell allein in sein Hotel ging, zog Nina noch ins Bermuda-Dreieck. Smokys, Nightlife und IM-Kneipe in der Kurgartenstraße waren die drei Lokale, in denen man herrlich

»absaufen« und währenddessen erfahren konnte, was die Travemünder über die neuesten Ereignisse – wie zum Beispiel den Mord an Nadine Liebig – mutmaßten.

Nina nahm die Aspirinschachtel aus der Schublade mit den Medikamenten. Ihre Mutter blickte vorwurfsvoll von der Zeitung auf.

»Oben ist es so heiß, dass ich kaum schlafen konnte. Jetzt habe ich Kopfschmerzen«, rechtfertigte sich Nina.

»Es war fast drei Uhr, als du nach Hause gekommen bist«, entgegnete die Mutter. »Wo wart ihr denn gestern noch?«

Sie erwähnte nie Jans Namen, obwohl sie längst wusste, dass Nina wieder viel Zeit mit ihm verbrachte. Sie hatte die verblüffende Gabe, Dinge auszuklammern, die sie verunsicherten oder über die sie nichts wissen wollte. So hatte sie auch das Verschwinden von Ninas Vater ausgeklammert, nachdem dieser auf der Ostsee verschollen war. Ninas Mutter lebte und redete seitdem, als hätte es in ihrem Leben nie einen Ehemann gegeben. Niemand wagte ihr gegenüber das Thema anzusprechen, um sie nicht an den Schmerz zu erinnern.

Das hatte dazu geführt, dass Nina als kleines Mädchen schon bald aufhörte, nach ihrem Vater zu fragen. Als er verschwand, war sie noch keine fünf Jahre alt. Die Erinnerungen an ihn waren schnell verblasst, auch weil die Mutter sie durch ihr Schweigen vernichtete. Neuerdings musste Nina jedoch öfter an ihren Vater denken. Manchmal bildete sie sich ein, ihn in ihrer Nähe zu wissen.

Sie trank einen Schluck Kaffee und betrachtete ihre Mutter, die begonnen hatte, das Sudoku-Rätsel zu lösen.

»Ich war ohne Jan unterwegs«, sagte sie.

Die Mutter ließ den Kugelschreiber fallen.

»Als Frau allein in einer Kneipe … Kind, was sollen denn die Leute denken!«

»Du weißt, dass mir das gleichgültig ist.«

»Aber mir nicht!«

»Wo hast du eigentlich die Fotos von meinem Vater?«, fragte Nina.

»Wie kommst du jetzt darauf?«

»Ich weiß nicht mehr, wie er aussah. Ich würde ihn mir einfach gern mal ansehen.«

»An alten Wunden soll man nicht rühren.«

»Es ist keine Wunde. Ich möchte einfach nur ein Foto von meinem Vater sehen.«

Die Mutter schlug die Zeitung zu und tippte auf die Titelseite, auf der ein großes Porträt von Nadine Liebig abgedruckt war.

»Das arme Mädchen. Einfach so aus dem Leben gerissen. Die armen Eltern.«

Sie erhob sich und fasste sich in den Rücken, als würde er wieder schmerzen.

»Ich lege mich lieber noch mal hin. Das solltest du auch tun.«

2

In Travemünde gab es Cliquen, die an bestimmten Orten regelmäßig zusammenkamen. In den verschiedenen Bäckereien in der Vorderreihe oder in den Kneipen und Bars in der Kurgartenstraße traf man sie fast täglich an. Hier diskutierten sie bei Kaffee oder Bier und Schnaps die Themen, die die Menschen in Travemünde gerade bewegten: das Wetter, das den Beginn der Saison vermiest hatte und jetzt endlich besser war und hoffentlich so blieb. Der Frachter, der einen anderen auf der Trave gerammt und auf Grund hatte laufen lassen, und was nach Meinung der Männer in der Clique die Kapitäne der Schiffe hätten tun sollen, um das zu verhindern. Man tauschte sich über die Prozente aus, die man beim Einkauf im Modehaus Matzen bekommen konnte. Oder über die Krankheit, die jemand hatte, der deshalb heute nicht mit bei Kaffee oder Bier und Schnaps dabeisaß. Fußball war ebenfalls ein beliebtes Thema. Meist endeten die Gespräche wieder beim Wetter.

Nina goss den noch halb vollen Becher Kaffee im Ausguss aus und beschloss, in einem Bäckereigeschäft zu frühstücken. Dort würde es heute hoffentlich nur ein Thema geben: das erschossene Mädchen. In der IM-Kneipe hatte sie am vorherigen Abend leider keine der üblichen Cliquen angetroffen. Vermutlich hatten die meisten das gute Wetter genutzt, um in ihren Gärten zu grillen oder über die Travemünder Woche zu flanieren.

Bei einer der Bäckereien in der Vorderreihe hatte Nina Glück: Eine kleine Gruppe Männer, die sich beinahe täglich hier traf, war versammelt. Auch im Winter kamen sie hierher, weil dann vor dem Geschäft Heizstrahler standen und man es so draußen stundenlang aushalten und rauchen konnte. Nina hatte den Eindruck, dass ganz Travemünde rauchte.

»Moin«, sagte sie, als sie sich mit ihrem Tablett mit einem Becher Kaffee und zwei Mettbrötchen etwas abseits der Gruppe in die Ecke unter dem Vordach setzte. Es war ein ungeschriebenes Gesetz, dass kein Fremder an den zusammengeschobenen Tischen einer Clique Platz nehmen durfte.

»Moin«, erwiderten die Männer wie im Chor.

»Eine hübsche Frau am Morgen vertreibt Kummer und Sorgen. Stimmt's, Erwin?«, sagte einer.

Erwin sah von der Zeitung auf und lächelte Nina an.

»Ganz genau!«

Ein weiterer Stammkunde traf ein.

»Moin. Ich hole mir Kaffee. Habt ihr noch?«

»Jo, Kurt. Und unsere BILD haben wir auch schon.«

Der Mann eilte ins Bäckereigeschäft, kurz darauf kam er zurück und rückte durch auf einen der freien Plätze, der offenbar täglich der seine war. Er holte eine Schachtel HB heraus, steckte sich eine Zigarette an, nahm einen tiefen Zug und trank einen Schluck Kaffee.

»Meine Frau meint, die hätten wegen der Sache die ganze Travemünder Woche abbrechen sollen.«

»Wie soll das denn gehen?«, entrüstete sich Erwin.

»Na, einfach Schluss, aus!«

»Und die ganzen Veranstaltungen und Aussteller? Da gibt es Verträge, da geht es um richtig viel Geld!«

»Ja, aber da läuft ein Verrückter rum, der in die Masse schießt. Meine Frau meint, das könnte der ja noch mal tun.«

»Ach was, der hatte es nur auf dieses Mädchen abgesehen. Und das ist jetzt tot. Ende im Gelände.«

Kurt griff nach der Zeitung, die vor Erwin lag.

»Woher willst du wissen, dass es um das Mädchen ging? Steht das dadrin?«

»Ne, die Polizei tappt völlig im Dunkeln. Oder sie gibt keine Infos raus. Kannte jemand von euch die Kleine?«

»Nö, ihre Eltern sollen aber ordentliche Leute sein. Die leben schon lange in Niendorf.«

»Eine Schande ist das. Ein junges, anständiges Mädchen umzubringen. Hatte doch noch sein ganzes Leben vor sich.«

»Vielleicht hatte sie ja einen Freund«, sagte Nina, während

sie ihrer Schachtel American Spirit eine Zigarette entnahm. Erwin kam sofort herüber, um ihr Feuer zu geben. Kurt sah aus, als hätte er eine Erleuchtung.

»Und den hat sie verlassen. Und darum hat er sie ...«

Er machte eine Bewegung, als würde er sich die Kehle durchschneiden.

»Vielleicht«, sagte Nina.

»Oder sie hatte etwas mit einem anderen«, überlegte Erwin.

»Dann hätte er doch lieber den erschießen sollen.«

»Wer?«

»Na der, der geschossen hat!«

»Woher der wohl die Pistole hat?«

»Ich habe auch eine. Vom meinem Vater. Von dessen Vater. Uraltes Ding. Erzählt es aber keinem!«

»Kannst du doch heute überall kaufen. In Hamburg. Auf Sankt Pauli oder so.«

»Vielleicht war es ja auch eine Frau, die geschossen hat«, meinte Nina zwischen zwei Zügen an ihrer Zigarette.

»Warum soll denn eine Frau ein Mädchen erschießen?«

»Aus Eifersucht!«, meinte Kurt beinahe triumphierend. »Sie hat einer Frau den Mann ausgespannt. Erlebt man doch immer wieder.«

»Vielleicht noch diesen Sänger mit seinem ›Auf allen vieren ins Glück‹.«

Erwin sang den Refrain an und äffte Ricci Bell nach. Die Clique lachte. Nina ebenfalls.

Kurt tippte auf die BILD.

»Den Typen habe ich sowieso gefressen. Der soll ja schon öfter was mit kleinen Mädchen gehabt haben. Ich weiß noch genau, dass das hier in der Zeitung stand.«

»Die bieten sich diesen Promis doch alle förmlich an«, war Erwin überzeugt.

»Und die alten Säcke greifen zu. Dabei macht eine junge Henne aus einem alten Gockel keinen jungen. Aber sie legt ihm vielleicht ein Ei.«

Erneut lachten die Männer. Nina ebenfalls.

Zwei dicke Männer zogen ihre dicken, im Bollerwagen sitzenden Kinder an der Außenterrasse des Bäckereigeschäftes vorbei.

»Ich glaube, der tut nur so, als würde er auf Frauen stehen«, meinte Kurt. »Immer, wenn der hier aufgetreten ist, habe ich gedacht, irgendetwas stimmt mit dem nicht. Ich sage euch was: Der tut nur so. Und in Wirklichkeit ist dieser Ricci Bell ein halber Hahn!«

Die drei Männer schauten zu Nina hinüber.

»Oder was meinst du dazu?«

»Der ist verheiratet«, sagte Nina.

»Das sind die Schwulen doch fast alle. Damit es nicht rauskommt«, entgegnete Erwin.

»Nicht alle. Denk mal an die ganzen Politiker, die schwul sind.«

»Denk aber auch mal an Rex Gildo und Roy Black. Diese ganzen Künstler. Die haben geheiratet, obwohl sie schwul waren. Damit es nicht rauskommt. Damit sie sich ihre Karriere nicht versauen.«

Diese Clique brachte Nina nicht weiter. Sie nahm ihr Tablett, stellte es auf den Wagen mit dem schmutzigen Geschirr und wünschte den Herren einen schönen Tag.

»Danke, gleichfalls«, erwiderten sie im Chor.

3

Es war erst gegen elf Uhr, als Nina Jeans und T-Shirt auszog und es sich in ihrem brombeerfarbenen Bikini, den sie sich nach ihrem letzten Auftrag in Julis Wäschestübchen in Travemünde geleistet hatte, bequem machte. Der Strand in Timmendorf war wesentlich schmaler als der in Travemünde. Die Strandkörbe, die hier Platz hatten, waren an sonnigen Tagen wie diesem umso schneller ausgebucht. Nina hatte noch einen der letzten freien Körbe in unmittelbarer Nähe des DLRG-Turmes, auf dem Florian Winter arbeitete, mieten können. Sie rückte ihn so zurecht, dass sie den Blick auf den Turm hatte. Und Florian Winter den Blick auf sie. Während er sich mit seiner Kollegin unterhielt, schaute er bereits immer wieder zu Nina. Flirtete er mit ihr?

Mit seinen längeren, von der Sonne ausgebleichten Haaren und den braun gebrannten, muskulösen Armen wirkte Florian Winter keineswegs schwul. Nina musste unbedingt herausfinden, weshalb sich Ricci Bell heimlich mit ihm traf. Doch wie sollte sie es anstellen, mit ihm ins Gespräch zu kommen? Wie konnte sie ihn von diesem Rettungsturm herunterlocken? Durfte er ihn während seines Dienstes überhaupt verlassen, wenn kein Notfall vorlag?

Heinrich Zille, der Maler, der Anfang des vergangenen Jahrhunderts liebevoll Badeschönheiten an Berliner Seen gezeichnet hatte, hätte seine Freude an diesem Strand gehabt. Dicht an dicht saßen Menschen, die knappe Badesachen über den dicken Brüsten, Bäuchen und Hintern trugen und selbstbewusst ins Wasser marschierten oder laut mit ihrem Strandkorbnachbarn lamentierten, während sie sich die Sonnencreme auf die Schenkel oder den Schweiß von der Stirn rieben. Vor einhundert Jahren war es allerdings noch nicht modern gewesen, sich an Waden, Armen, auf dem Rücken, den Schultern oder über dem Steiß Tattoos stechen zu lassen. Eine Frau in einem sehr knappen Bikini war auf einer Körperseite von den Zehen bis unter die Haarspitzen tätowiert.

Einige Strandgäste hatten Sandwälle um ihre Strandkörbe geschaufelt und Fähnchen zur Markierung ihrer Reviere in die Körbe gesteckt. Ein älteres Ehepaar kam mit Bademänteln bekleidet an den Strand und ging zielgerichtet aufs Wasser zu. Beide ließen die Mäntel in den Sand am Ufer gleiten. Die Frau trug einen Rüschenbadeanzug. Der Mann war bis auf eine Badekappe nackt. Er marschierte in die Ostsee, schmiss sich hinein und schwamm ein paar Züge. Die Frau blieb im hüfthohen Wasser stehen und hüpfte, als wäre es ihr zu kalt oder als wolle sie etwas von sich abschütteln. Als das Paar wieder herauskam, sagte der Mann zu seiner Frau: »Siehste, Elvira, und schon haben wir wieder achtzig Liter Badewasser gespart.«

Nina lehnte sich im Strandkorb zurück. Die Sonne brannte auf ihre Beine, der Rest ihres Körpers befand sich im Schatten. Wenn sie jetzt Urlaub hätte, dann gäbe es kaum etwas Schöneres, als hier zu sitzen und über die Ostsee zu blicken. Doch Nina war nicht im Urlaub.

Sie erhob sich und spazierte barfuß ans Ufer. Sie hielt nach Steinen oder Muscheln Ausschau und tat so, als würde sie welche sammeln.

Ganz in ihrer Nähe fing ein Kormoran einen Fisch und ließ ihn sich von einer kleinen, mutigen Möwe abjagen. Nina entdeckte eine in der Sonne glitzernde grüne Scherbe, die frisch ans Ufer gespült worden und noch nicht durchs Salzwasser stumpf geschliffen war. Sie hob sie auf und spazierte weiter. In sicherer Entfernung von Florians Blicken setzte sie sich mit dem Rücken zum Turm in den Sand. Sie nahm die Scherbe und ritzte sich mit ihr in ihre Fußsohle. Ein leichter Schnitt in die dünne Haut zwischen Hacke und Ballen. Augenblicklich floss Blut. Es vermischte sich mit dem Salzwasser an Ninas Fuß und ließ die Wunde dramatisch aussehen.

Nina vergrub die Scherbe im Sand, erhob sich und ging zurück in Richtung DLRG-Turm. Sie blickte zu ihm hinauf. Florian Winter lächelte ihr zu.

Im nächsten Moment tat Nina so, als wäre sie auf etwas getreten, das ihr jetzt große Schmerzen bereitete. Sie humpelte zu ihrem Strandkorb. Noch bevor sie dort angekommen war, stand Florian Winter vor ihr.

»Hast du dich verletzt?«

Nina winkte ab. »Nicht weiter schlimm. Ich bin nur auf eine Muschel oder so etwas getreten.«

Sie hob den Fuß an. Blut, Salzwasser und Sand klebten an ihrer Sohle.

»Damit ist nicht zu spaßen. Du könntest eine Blutvergiftung bekommen«, meinte Florian Winter und wirkte ehrlich besorgt.

Nina stand auf einem Fuß. Sie wankte. Florian Winter fing sie auf. Unter seiner warmen Haut am Arm spürte sie feste Sehnen und Muskeln.

Florian half Nina in den Strandkorb.

Seine Kollegin blickte argwöhnisch vom Turm zu ihnen herunter.

Florian Winter nahm Ninas Fuß und betrachtete die Wunde.

»Das muss gereinigt werden.«

Er eilte zurück zum Turm. Hoffentlich durchschaute er Nina nicht. Sie stieß ihren Fuß gegen eine der Fußstützen des Strandkorbes. Augenblicklich floss frisches Blut nach.

Florian Winter kam mit einer Flasche Wasser und einem Verbandskoffer zurück. Er setzte sich zu Nina auf eine der Fußstützen und wusch die Wunde aus.

»Machst du hier Urlaub?«, fragte er.

Gut, dass er sie bereits duzte. Nina duzte auch jeden auf Anhieb, der in ihrem Alter war, außer wenn es beruflich war. Alles andere käme ihr vor, als wäre sie alt – oder erwachsen.

»Nein, ich komme aus Travemünde«, antwortete sie.

Florian Winter konzentrierte sich auf die Wunde.

»Ihr habt doch auch einen schönen Strand.«

»Ja, aber es ist gerade Travemünder Woche …«

Florian Winter verstand, nahm aus seinem Koffer eine Flasche mit einer ekelhaft braun aussehenden Flüssigkeit.

»Eigentlich bekommt man bei uns am Strand von den vielen

Menschen, die wegen der Travemünder Woche dort sind, kaum etwas mit. Ich brauche heute bloß mal etwas Abstand. Ich war dabei, als das Mädchen erschossen wurde«, fügte Nina hinzu.

Florian Winter fiel die Flasche aus der Hand. Er hob sie auf und öffnete sie.

»Keine Sorge, das tut jetzt nicht weh. Es ist Quatsch, wenn die in Filmen immer zusammenzucken, wenn man ihre Wunde desinfiziert.«

»Warst du auch dabei?«, fragte Nina.

»Wobei?«

»Auf dem Konzert in Travemünde, als …«

Florian Winter tupfte auf ihrer Wunde herum.

»Das ist nicht meine Musik, die dort gespielt wird.«

»Du meinst die von Ricci Bell.«

Florian Winters Druck auf die Wunde wurde fester.

»Ja, ›Auf allen vieren ins Glück‹. Obwohl ich das nicht will, habe ich es seit Tagen im Ohr. Jeder Sender spielt es zurzeit. Schön für ihn, für diesen Ricci Bell.«

Nina blickte zu Florian Winters hübscher Kollegin auf dem DLRG-Turm.

»Du hast einen tollen Job. Am Strand, in der Sonne, dort, wo andere Leute Urlaub machen …«

Florian Winter klebte ein breites Pflaster auf Ninas Fußsohle.

»Der Sommer ist schnell vorbei, und dann kann man sehen, wie man sich im Winter über Wasser hält. Ist nicht so einfach in Timmendorf. Und bei dir in Travemünde?«

»Ich besuche nur meine Mutter. Ich lebe eigentlich in Hamburg und arbeite als Übersetzerin.«

Florian Winter legte ihren Fuß auf der Stütze ab und begann, seine Utensilien im Koffer zu verstauen. Eilig erzählte Nina ihm eine Geschichte, die sie in Hamburg in einer Bierkneipe erlebt hatte: Am Tresen hatte sich ein älterer Mann zu ihr gesellt. In seiner geblümten Weste über dem hellblauen Hemd und den schwarzen Stoffhosen sah er wie ein pensionierter Lehrer aus. Zur vorgerückten Stunde erzählte er Nina, dass er bereits seit vielen Jahren nur noch täte, worauf er Lust hätte. Er könne sich das leisten, weil er ein einziges Mal in seinem Leben einen Song geschrieben hätte. Aus einer Laune heraus einen recht albernen Text und die Musik dazu. Diesen Song gab er einem Kumpel, der Sänger war und damals gerade ein neues Lied brauchte. Auf einem Bierdeckel machten sie einen Vertrag über die Rechte an dem Stück. Das Lied wurde ein Hit, war monatelang in den Charts und wurde immer noch auf jeder Hochzeit, beim Karneval, bei Strandpartys, auf Kreuzfahrtschiffen und sonst wo gespielt. Ein Hit, den wohl fast jeder kannte. Der Mann am Tresen verriet Nina nicht, um welchen es sich handelte, weil ihm der Text bis heute peinlich war. Doch er konnte immer noch kaum fassen, wie viel Geld er mit diesem einzigen Lied, das er in seinem Leben schrieb, seitdem verdiente.

Florian Winter hatte aufmerksam zugehört.

»Und der Interpret bekam nichts?«, fragte er.

»Durch die Rechte am Lied nicht. Aber er wurde dadurch schlagartig berühmt und hat bis heute viele Auftritte. Seit Jahren wollen alle nur noch dieses Lied von ihm hören. Angeblich leidet er darunter und säuft. Der Mann in der Kneipe war aber glücklich. Er schmiss an dem Abend gleich noch eine Saalrunde.«

»Schön für ihn«, meinte Florian bitter. »Ich habe auch mal Songs geschrieben. Leider habe ich da wohl etwas falsch gemacht. Also gehe ich jetzt mal wieder Leben retten.«

Eine Gruppe Frauen um die fünfzig feierte offensichtlich einen Geburtstag und tanzte eine Polonaise durch die Strandkorbreihen. »Jetzt fliegen gleich die Löcher aus dem Käse …«

Florian und Nina mussten lachen.

»Ich würde mich gern revanchieren. Darf ich dich zu etwas einladen?«, fragte Nina.

Florian Winter erhob sich und nahm seinen Koffer.

»Nicht, wenn ich im Dienst bin.«

»Heute Abend? Am Brügmanngarten? Ich gebe einen aus!«

»Nein, dort ist mir zu viel ›Auf allen vieren ins Glück‹.«

»Auf der Hermannshöhe! Das ist in der Mitte zwischen

Timmendorf und Travemünde«, schlug Nina eilig vor. »Aber erst nach dreiundzwanzig Uhr. Ich muss vorher auch noch ein bisschen Leben retten …«

Florian Winter lachte.

»Okay, bis dann. Ich freue mich!«

4

Auf der Bühne schoss Feuer in die Höhe. United Four, eine Band aus Oldenburg, deren Markenzeichen es war, in Kuhkostümen aufzutreten, und die sich selbst als »die härteste Tanzkapelle *von die ganzen* Welt« bezeichnete, spielte auf. Wie es sich für Hardrocker offensichtlich gehört, trugen die Musiker entweder Glatzen oder sehr lange Haare. Es brauchte nur den Anfang des ersten Liedes, und sie hatten das Publikum, das zum Teil Hüte mit Kuhmustern trug, mitgerissen.

Nina stand abseits der Menge, die vor der Bühne und um die Bars und Bierstände herum feierte. Mit einem Kaffeebecher in der Hand lehnte sie am Crêpe-Stand. Von hier aus konnte sie gut beobachten, wenn Ricci Bell backstage eintraf, und sie hatte einen Überblick über die Leute, die ihm nach den United Four zuhören wollten. Ob Florian Winter wieder hier auftauchte? Oder Vera Schwab?

Ninas Blick blieb immer wieder bei älteren Männern im Publikum hängen. Es war ihr, als würde sie ihn überall sehen. Den Mann auf dem Foto, das auf dem Küchentisch lag, als sie heute aus Timmendorf nach Hause gekommen war. Ninas Mutter hatte es dorthin gelegt, bevor sie das Haus verließ. Ein Foto von Mutter, Nina, Vater.

Nina betrachtete es lange. Der über die Jahre fremd gewordene Mann wurde ihr dabei nach und nach vertrauter. Sein Anblick begann sie zu schmerzen. Wie würde Ninas Vater heute wohl aussehen? Würde sie ihn überhaupt erkennen, wenn er hier unter den Menschen am Brügmanngarten stand?

Dreißig Jahre lang hatte die Mutter vorgegeben, es gäbe im Haus keinerlei Erinnerungsstücke an ihn mehr. Weshalb hatte sie heute das Foto mit Mutter, Vater, Nina auf den Tisch gelegt?

Die United Four spielten »Time of My Life«, ihre Hardrockversion des Songs aus dem Film »Dirty Dancing«, mit der sie bereits in der Fernsehshow »Das Supertalent« bei Dieter

Bohlen für Furore gesorgt hatten. Das Publikum tobte vor Begeisterung.

Nina beobachtete Ricci Bell, der sich der Rückseite des abgeschirmten Backstagebereiches näherte. Nach den harten Jungs im Kuhlook könnte er es mit seinem Programm und auch mit »Auf allen vieren ins Glück« schwer haben und das Publikum zu einer der vielen anderen Amüsiergelegenheiten der Travemünder Woche weiterziehen. Das wäre sicherlich hart für eine Künstlerseele, wie Ricci Bell sie zu sein schien. Doch vermutlich blieben viele, um seinen Auftritt zu erleben, weil er der Sänger war, neben dem ein Mädchen erschossen wurde.

Eine Hand legte sich um Ninas Taille. Sie fuhr herum. Kaffee schwappte aus ihrem Becher. Auf ein T-Shirt. Jans T-Shirt.

»Jan!«

Jan rieb über sein dunkelblaues T-Shirt.

»Meine Großmutter hat immer behauptet, mit Kaffee könne man Flecken ausreiben«, sagte er amüsiert.

Jans Großmutter hatte noch gelebt, als Jan und Nina im Sommer nach dem Abitur ein Paar waren. Eine vornehme Dame, die Nina mochte. Im Gegensatz zu Jans Eltern, die damals bei aller Höflichkeit kaum verbergen konnten, dass sie sich für ihren Sohn etwas »Besseres« wünschten. Daran hatte sich wohl bis heute kaum etwas geändert. Seit Nina und Jan wieder ein Paar waren, hatte Jan sie kein einziges Mal mit in sein Elternhaus genommen. Trotzdem gab er ihr immer wieder zu verstehen, dass er mit ihr sein Leben teilen wollte. Obwohl Nina Jan liebte, wich sie ihm dann aus. Sie hatte keine Antwort darauf, weshalb. Jan und auch sich selbst gegenüber nicht.

»Ist sie wieder hier?«, fragte Jan.

»Wer?«

»Vera Schwab.«

»Ich habe sie bisher nicht entdeckt.«

»Komm, lass uns woandershin gehen!«

»Nein, ich habe einen Auftrag! Bis nach Ricci Bells Auftritt muss ich mindestens bleiben.«

Jan machte sich auf den Weg, um etwas für Nina und sich

zu trinken zu besorgen. Obwohl es Leute gab, die schon länger darauf warteten, ihre Bestellung aufzugeben, wandte sich die Bedienung sofort ihm zu. Nina fühlte so etwas wie Glück, als sie Jan zu sich zurückkommen sah. Oder Liebe.

»Wenn schon Ricci, denn schon ›Ricci‹!«, sagte Jan und reichte ihr einen Becher des mal sehr in Mode gewesenen Sommergetränkes. »Ich habe mit Mittermaier gesprochen. Die Kripo konnte im Umfeld von Nadine Liebig niemanden ermitteln, der ein Motiv hatte, ihr etwas anzutun. Sie hatte wohl nur ihre große Liebe zu Ricci Bell. Mittermaier hat durchblicken lassen, dass es lediglich eine Person gibt, die ein Motiv hatte, dem Mädchen etwas anzutun.«

»Florian Winter!«, war Nina überzeugt

»Wer ist Florian Winter?«, fragte Jan irritiert. »Mittermaier hält Vera Schwab für verdächtig. Sie hat dir den Auftrag nur erteilt, um von sich abzulenken. Wir können jetzt wirklich woandershin gehen. Auch wenn sie hier sein sollte. Ihrem Mann wird sie nichts antun.«

»Das ist Quatsch! Vera Schwab ist doch keine, die auf ein Mädchen schießt!«

»Dein Ricci Bell hatte wohl was mit dieser Nadine. Und nicht nur mit ihr. Vera Schwab konnte das nicht mehr ertragen.«

»Das ist nicht *mein* Ricci Bell! Und Vera Schwab hätte dann lieber ihn erschießen sollen, *ihren* tollen Ricci Bell.«

»Den will sie offensichtlich trotz allem behalten. Er beschert ihr ja auch ein tolles Leben, wenn man von seinen Eskapaden absieht.«

Die United Four gaben eine Zugabe und verließen danach die Bühne. Das Publikum schrie nach einem weiteren Song. Der Moderator versprach, dass die Band in den nächsten Tagen wiederkäme, und kündigte Ricci Bell an. Die Leute klatschten begeistert, kaum welche zogen woandershin.

Jan nahm Nina den leeren Becher aus der Hand.

»Noch einen?«

»Nein, bitte nicht!«

Jan lachte.

Ricci Bell warf Handküsse in die Menge.

Ein junges Mädchen wollte zu ihm auf die Bühne klettern. Der Sänger setzte irritiert einen Moment lang mitten im Lied aus. Sicherheitskräfte zerrten das Mädchen vom Bühnenrand weg.

Legten sich tatsächlich so junge Mädchen zu Ricci Bell ins Bett? Zu diesem über vierzigjährigen Mann mit den gefärbten Haaren? Nina konnte es sich nicht vorstellen. Erfolg und Macht machen sexy, sagte man. Prominenz auch. Auch das war Nina fremd. Brauchte der Sänger das Gefühl, begehrt zu werden, als Bestätigung, dass er selbst noch jung und begehrenswert war? Wenn er aber auch etwas mit Florian Winter hatte, war er dann bi?

Was immer er auch war, es lag bei ihm, keine Mädchen anzufassen!

Oder jemand anderes musste dafür sorgen, dass er es nicht mehr tat.

5

Florian Winter saß an einem der Tische auf der großzügigen Terrasse des Erlebniscafés Hermannshöhe, das erst vor einiger Zeit neu eröffnet worden war. Obwohl es ein Selbstbedienungsrestaurant war, mutete alles ziemlich edel an. Regelmäßig fanden hier Veranstaltungen wie Lesungen oder Tanztees statt. In einem kleinen Laden wurden geschmackvolle Souvenirs und Produkte aus der Region verkauft. In den Strandkörben auf der Wiese genossen ein paar Gäste den Blick von der Anhöhe aus über die Ostsee.

Florian hatte sich beeilt, vor der jungen Frau vom Strand hier einzutreffen. Er hatte sie am Brügmanngarten zusammen mit einem Typen beobachtet. Schwer einzuschätzen, ob er ihr Freund war. Wenn ja, weshalb hatte sie sich dann mit Florian verabredet? Entgegen seines Vorsatzes war er beim Auftritt Ricci Bells gewesen und hatte sich hinter einem Flammkuchenstand verschanzt, damit er nicht entdeckt wurde. Es ergriff Florian immer wieder, wie begeistert die Menschen auf »Auf allen vieren ins Glück« reagierten.

Die Dunkelheit brach herein. Die Vögel hörten auf zu singen. Die letzten Gäste verließen nach und nach das Erlebniscafé. Vielleicht hätte Florian einen Ort vorschlagen sollen, an dem Trubel war. Gleichzeitig sehnte er sich nach Stille. Und einem Menschen, dem er endlich erzählen konnte, was er noch niemandem erzählt hatte. Nach jemandem, der ihm seine Geschichte glaubte und Partei für ihn ergriff.

Lange Zeit hatte Florian einigermaßen gut mit dem Geheimnis leben können, das er mit Ricci Bell teilte. Doch inzwischen ertrug er es nicht mehr. Sein ganzes Leben war dadurch verpfuscht worden. Ricci Bell hatte Florians Leben verpfuscht.

Endlich hatte Florian angefangen zu handeln. Sich zu holen, was ihm zustand.

Er konnte kaum noch an etwas anderes denken. Nachts

träumte er davon, dass er Ricci Bell zur Rede stellte. Doch Ricci Bell ließ nicht mit sich reden. Florian wurde dann handgreiflich. Er erwachte jedes Mal, bevor es eskalierte.

Nach solchen Träumen stieg Florian oft auf sein Motorrad und raste an der Küste entlang.

Doch sooft er auch nachdachte, es schien keine andere Lösung zu geben, als es eskalieren zu lassen.

6

Nina setzte Jan vor seiner Haustür ab. Seine Enttäuschung darüber, dass sie nicht mit in seine Wohnung kam, war ihm deutlich anzumerken. Nina sagte, sie wolle am nächsten Morgen gut ausgeschlafen zu Vera Schwab nach Hamburg fahren. Immerhin war ihre Auftraggeberin inzwischen für die Kripo die Hauptverdächtige.

Bei Ermittlungen kam es zunächst darauf an, herauszufinden, ob jemand ein Motiv für die Tat hatte. War Vera Schwabs mögliches Motiv so schwerwiegend, dass sie Nadine Liebig hätte töten können? Eifersucht war angeblich eines der stärksten Motive. Welches Motiv hatte der Mann, mit dem Nina gleich verabredet war, Florian Winter?

Auf dem Weg zur Hermannshöhe erwog Nina, zu Hause haltzumachen, um sich nachzuschminken. Doch sie befürchtete, ihrer Mutter zu begegnen und auf das Familienfoto reagieren zu müssen. Sie trug es jetzt bei sich. Mutter, Vater, Nina.

Florian Winter saß ziemlich verlassen an einem der Außentische des Erlebniscafés. Vielleicht wäre es ratsam gewesen, als Treffpunkt die Diskothek Nautic in Timmendorf oder das Nightlife in Travemünde vorzuschlagen, um ihn in ausgelassener Atmosphäre und bei viel Alkohol zum Reden zu bringen. Hier begrüßte Florian Winter sie nun ziemlich befangen.

Da hilft nur schnell etwas zu trinken und zu flirten, beschloss Nina.

Sie fragte Florian, was sie ihm von drinnen holen dürfe. Er bat um ein Bier.

Nina kam mit zwei großen Bieren und doppelten Helbing zurück.

»Wir müssen beide noch fahren«, sagte Florian Winter.

»Macht doch nichts«, lachte Nina.

Florian erkundigte sich nach ihrer Verletzung am Fuß. Nina hatte sie inzwischen fast vergessen und hob zunächst den falschen Fuß an. Sie zog ihre Sandalette aus und legte ihre nackte Wade auf den Stuhl neben Florian.

»Sieht gut aus«, meinte er lächelnd.

Nina stieß ihr eisgekühltes Schnapsglas gegen das von Florian.

»Danke nochmals!«

»Ich habe nur meinen Job gemacht«, sagte Florian Winter, bevor er wie Nina den Kümmel in einem Zug hinunterkippte. Nina steckte sich eine Zigarette an.

»Kein schlechter Job, den ganzen Tag über die Ostsee zu gucken, Frauen zu verarzten und dafür bezahlt zu werden«, meinte Nina.

Florian Winter nahm die Ironie in ihrer Bemerkung nicht wahr.

»Wenn die Saison noch nicht richtig begonnen hat, dann wird einem der Tag oben oft recht lang. Und hat die Saison begonnen, und das Wetter ist so gut wie jetzt, dann kann man die schöne Aussicht kaum noch genießen, weil man nicht weiß, wie man auf all die Leute im Wasser auf einmal aufpassen soll. Es gibt so viele Verrückte. Bei euch in Travemünde auch. Neulich sind da welche von der Brücke gesprungen und auf dem flachen Grund aufgeschlagen. Obwohl auf großen Schildern steht, dass das verboten ist.«

Nina hatte es in den Lübecker Nachrichten gelesen. Zwei junge Männer Anfang zwanzig waren knapp einer Querschnittslähmung entgangen. Unbewusst fasste sie an das Foto, das in der Brusttasche ihrer Jacke steckte. Sie erinnerte sich an das Gefühl, mit dem Kopf zuerst ins Wasser zu springen und auf den harten Untergrund zu prallen.

Kurz bevor ihr Vater verscholl, fuhr er mit Nina an einem sehr heißen Tag mit dem Boot hinaus. Am Pötenitzer Wiek machten sie halt an einer Stelle, die der Vater »das Paradies« nannte. Auf einer karierten Wolldecke aßen sie den Picknickkorb leer, den die Mutter ihnen gepackt hatte. Danach machte der Vater ein kleines Nickerchen. Nina spazierte in ihrem roten Badeanzug am Waldrand entlang und hielt nach Brombeeren

Ausschau. Irgendwo führte ein alter Steg übers Wasser. Kein Mensch war in Sicht. Nina beschloss, etwas zu üben, das ihr Vater besonders gut beherrschte: Kopfsprünge. Wie stolz würde ihr Vater sein, wenn sie ab heute wie er mit dem Kopf zuerst ins Wasser springen könnte.

Nina nahm vom Ufer aus Anlauf. Sie beschleunigte, als sie über den Steg lief. Streckte die Arme in die Höhe und stieß sich mit den Füßen ab. Sie tauchte mit dem Kopf zuerst ins Wasser ein. Die Füße in Richtung Himmel gestreckt. Dann schlug sie mit dem Kopf auf dem Grund auf. Es krachte in ihrem Genick. Nina blieb wie gelähmt unter dem milchig grünen Wasser. Die Augen offen. Den Mund offen. Irgendwann tauchte sie wieder auf. Versuchte, nach Luft zu schnappen. Doch jetzt blieb ihr Mund verschlossen.

Sie schleppte sich zurück an den Steg. Hielt sich an ihm fest. Versuchte immer wieder, einen Ton herauszubringen. Nur allmählich kam die Stimme zurück, so als müsste Nina jeden Ton neu finden. Langsam ging sie zu ihrem Vater zurück.

Er saß in einem Campingstuhl und hatte seine Angel ausgeworfen. Neben sich hatte er einen Stuhl für Nina und ihre Angel bereitgestellt. Ein Wurm krümmte sich am Haken. Nina setzte sich neben ihren Vater. Er warf ihre Angel aus. Schweigend blickten sie auf die Posen. Nina liebte diese Momente, in denen sie ihrem Vater so nah war. An diesem heißen Sommertag vor über dreißig Jahren war es das letzte Mal gewesen.

»Und nachts ist der Turm unbesetzt?«, fragte Nina.

Florian nickte. »Manchmal steige ich rauf und spiele Gitarre, weil ich dort niemanden störe.«

Nina ließ den Blick in den Sternenhimmel schweifen.

»Muss schön sein.«

»Wenn du möchtest, zeige ich ihn dir.«

Als sie sich auf dem Parkplatz ihre Helme aufsetzten, bewunderte Nina Florians Motorrad, wohl wissend, dass Männern so etwas schmeichelte.

Sie rasten die Straße entlang, die nach Niendorf führte. Auf

Höhe eines Getränkekiosks gab Nina Florian ein Zeichen und stoppte.

Vier Männer waren um einen Stehtisch versammelt und hielten Bierflaschen in den Händen. Als Nina ihren Helm abnahm und das Haar schüttelte, sagte einer der Männer fröhlich: »Auf dich haben wir gewartet!«

»Was möchtest du trinken?«, fragte ein anderer.

Das war etwas, was Nina an Orten wie Niendorf, Timmendorf oder Travemünde liebte. Hier wollten die Menschen Spaß haben. Männer luden Frauen noch zu Getränken ein oder forderten sie zum Tanzen auf. Etwas, das in einer Stadt wie Hamburg nur noch selten vorkam, auch wenn die Menschen sich dort sicherlich genauso danach sehnten, sich zu amüsieren oder wenigstens einen Abend lang nicht allein zu trinken. Im Zwick, in Ninas Lieblingskneipe in Hamburg-Pöseldorf, passierte es zum Beispiel noch, dass Frauen und Männer ausgelassen miteinander feierten. In Travemünde oder Timmendorf konnte man es an einigen Orten jeden Abend erleben.

»Bin leider schon verabredet«, sagte Nina und zeigte zu Florian, der etwa fünfzig Meter entfernt auf seinem Motorrad auf sie wartete. Die vier Männer nickten enttäuscht.

Sie kaufte zwei Flaschen gekühlten Weißwein.

»Du weißt ja, wo du uns findest«, rief ihr einer der Männer hinterher, als sie die Flaschen im Koffer ihres Rollers verstaute, den Helm aufsetzte und aufstieg.

»Tu nichts, was ich nicht auch tun würde!«, rief ein anderer.

Doch das hörte Nina kaum noch, denn etwa dreißig Harley-Fahrer donnerten nacheinander an ihr vorbei. Auf ihren Westen das Signet der Hells Angels.

DIENSTAG

1

Nina lehnte den Kopf gegen die Fensterscheibe des Zuges, schloss die Augen und versuchte vergeblich, sich zu erinnern, wann sie das letzte Mal so betrunken wie in der vergangenen Nacht gewesen war. Sie ließ den Abend mit Florian Revue passieren und war froh, wenigstens keinen Filmriss zu haben.

Zuerst hatten sie etwas befangen auf dem DLRG-Turm herumgestanden und über die Ostsee und in den Sternenhimmel geschaut. Nina war nah an Florian herangetreten, doch er nutzte die Gelegenheit nicht, um sie zu berühren.

Nachdem sie die erste Flasche Wein geleert hatten, spielte er für sie auf der Gitarre und sang dazu. Zuerst »Guilty« von Barbra Streisand und Barry Gibb. Also doch schwul, dachte Nina und machte ihm Komplimente zu seiner Stimme. Florian erzählte ihr, dass er vor Jahren kurz davor war, Berufsmusiker zu werden. Doch dann hätte ihm jemand übel mitgespielt. Nina fragte vorsichtig nach, was passiert wäre. Florian trank sein Glas in einem Zug leer.

»Etwas, wofür ich töten könnte!«

Er spielte »Auf allen vieren ins Glück« an.

Er kannte jedes Wort des Textes, beherrschte jede Note. Als er Ninas verdutztes Gesicht bemerkte, lachte er. Sie fand, dass er das Lied besser als Ricci Bell interpretierte.

Mitten in der dritten Strophe stellte er die Gitarre so abrupt in die Ecke, als wäre sie sein Feind. Er stand auf und kam auf Nina zu. Er zog sie an sich und küsste sie.

Nina ließ es geschehen. Er riecht gut, dachte sie. Florian versuchte, ihr die Jacke auszuziehen.

»Woher kennst du Ricci Bell?«, flüsterte sie.

Florian ließ augenblicklich von ihr ab. Er goss sich Wein nach und trank.

»Wir sind uns vor Jahren mal begegnet. Ich wünschte, es wäre nie geschehen.«

Nina hob ihre Jacke vom Boden auf.

»Weshalb?«

»Weil mein Leben dann anders verlaufen wäre. Und das von diesem Schwein auch!«

»Was ist passiert?«

»Nichts, was du wissen solltest.«

Florian kam auf sie zu und zog sie erneut an sich.

Mit der Ausrede, dass ihr übel sei, wollte sich Nina aus seiner Umarmung winden. Doch er ließ sie nicht los. Zerrte an ihrer Jacke. Lallte irgendetwas von: »Erst heißmachen und dann ist nichts …«

Nina stieß ihn mit aller Kraft von sich und hastete die Leiter hinunter. Weg über den Strand.

Als sie sich umschaute, schlug Florian immer wieder mit der Faust gegen die Scheibe des Turmes.

Der Zug nach Hamburg war kaum besetzt. Nina breitete sich auf zwei gegenüberliegenden Sitzbänken aus, streifte die Schuhe ab und legte die Füße hoch. Sie musste nachdenken, wie sie weiter vorgehen sollte. Durch den Restalkohol in ihrem Blut war sie sicherlich kaum zu einem vernünftigen Gespräch mit Vera Schwab in der Lage. Es kam ihr vor, als wachse ihr gerade alles über den Kopf.

Vielleicht sollte sie heute Abend in Hamburg bleiben, in ihrer Wohnung in Barmbek. Nachdenken. Ausschlafen. Unerreichbar sein. Zehn Stunden dauert es, bis der Alkohol weitestgehend aus dem Blut ist, hatte ihr mal jemand erzählt. Zwölf Stunden, bis man wieder nüchtern ist. Wenigstens zehn Stunden wären um, wenn sie in Hamburg ankam, beruhigte sich Nina und schloss die Augen.

Sie fiel in einen Halbschlaf, aus dem sie kurz darauf herausgerissen wurde. Vier Männer um die sechzig betraten das Abteil, nachdem sie ihre Fahrräder im Extra-Abteil angeschlossen hatten. Nach einer lauten Diskussion fassten sie den Entschluss, sich auf die zwei Sitzbänke, die sich auf Ninas Höhe auf der anderen Gangseite befanden, zu setzen. Nina versuchte wieder einzuschlafen.

Nachdem sie ihre Radtour ausgewertet hatten, sagte einer der Männer: »Fährt allein im Zug und belegt einen ganzen Viererplatz.«

»Unmöglich«, meinte ein anderer.

»Wie gut, dass wir noch besser erzogen wurden.«

Es dauerte, bis Nina begriff, dass sie gemeint war.

»Man müsste den Schaffner holen, damit er dafür sorgt, dass das Fräulein Platz macht«, sagte der Vierte im Bunde.

Nina vergewisserte sich blinzelnd, ob es im Abteil jemanden gab, der keinen Platz fand. Doch der Waggon war nach wie vor beinahe menschenleer.

Die vier Männer, die Wolfskin-Klamotten und graue Wangenbärte trugen, ereiferten sich immer stärker über die Jugend von heute, an Ninas Adresse gerichtet, damit sie endlich ihre Füße und Sachen von den Sitzen nahm. Sie war zu trotzig, um das zu tun, und fühlte sich an diesem Morgen auch zu schwach, um den Typen schlagfertig Paroli zu bieten. Leute, ich bin kein Fräulein, sondern eine erwachsene Frau von fünfunddreißig, dachte sie immer wieder.

In Oldenburg stieg eine Gruppe laut grölender Jugendlicher in Bomberjacken und Springerstiefeln zu, die sich im Gang zwischen zwei Wagen versammelte.

»Hoffentlich kommen die nicht zu uns«, sagte einer der Wolfskin-Männer, der eben noch so eine große Klappe gehabt hatte.

»Nicht hingucken!«, meinte ein anderer besorgt. »Durch Augenkontakt fühlen sie sich provoziert.«

Nina hatte das Gefühl, sie könnte die Angst der alten Männer riechen. Sie öffnete die Augen und lächelte zu ihnen hinüber. Dann schaute sie sich zu den Jungs im Gang um, nahm die Füße von der Bank und räumte ihre Sachen beiseite. Noch bevor sie fertig war, suchten sich die vier Männer fluchtartig ein anderes Abteil. Nina breitete sich amüsiert wieder aus.

Als sie am Hamburger Hauptbahnhof ausstieg, kam es ihr

vor, als betrete sie eine andere Welt. Der Lärm und die unzähligen Menschen, die mit Koffern und Taschen von A nach B eilten, trieben Nina kalten Schweiß auf die Stirn. Dicht aufeinandergefolgt kamen Durchsagen über verspätet eintreffende oder abfahrende Züge und Gleisänderungen. Mütter und Väter wiesen ihre quengelnden Kinder zurecht, mit denen sie auf dem Weg in den Urlaub waren. Pendler eilten zu ihren Arbeitsstellen. Nur die Obdachlosen und Süchtigen, die es sich vor der Bahnhofshalle am Durchgang zur U-Bahn mit ihren Hunden bequem gemacht hatten und in ernsthafte Diskussionen übers Leben vertieft waren, brachte nichts aus der Ruhe. Auch nicht die klassische Musik, die die Deutsche Bahn über Lautsprecher einsetzte, um die »Penner« zu vertreiben.

Nina kam das plötzlich alles fremd vor. Welch scheinbar heile Welt betrat sie dagegen, wenn sie in Travemünde am Strandbahnhof aus dem Zug stieg.

Sie fuhr mit der U 1 bis Kellinghusenstraße.

Bevor sie in die Heilwigstraße einbog, nahm sie ihr kleines Kosmetiktäschchen, kämmte ihr Haar, trug Rouge auf die Wangen auf und steckte einen Kaugummi in den Mund. Da bremste plötzlich ein Auto neben ihr. Vera Schwab.

»Ich hoffe, Sie haben noch nicht gefrühstückt! Ich habe uns Brötchen mitgebracht. Dort vorn ist unser Haus.«

Nina verstaute eilig die Kosmetikutensilien und ging die wenigen Meter bis zu der prachtvollen Villa, deren großer Garten an der Alster lag. Mitten in Hamburg eine Welt wie aus dem Bilderbuch, wenn man keine Ahnung von dem hatte, was Vera Schwab und Ricci Bell gerade durchmachten. Dass auch hinter makellosen Fassaden dunkle Geheimnisse lauerten, war für Nina gleichermaßen beunruhigend wie beruhigend.

Vera Schwab stieg fröhlich aus ihrem Mercedes. Ihre Wangen waren ohne eine Spur Rouge gerötet. Sie sah irritierend glücklich aus. Woher kam sie gerade?

Sie schloss die Haustür auf, ging vor in die große Küche und öffnete weit die Terrassentür.

»Kaffee?«, fragte Vera Schwab und stellte, ohne eine Antwort abzuwarten, die mit Swarovski-Steinen verzierte Nespresso-Maschine an. Sie reichte Nina zwei Teller und Besteck und wies zu dem Tisch auf der Terrasse.

»Danke, dass Sie gekommen sind! Das Ganze nimmt langsam komische Ausmaße an. Wir sollten reden, bevor es noch schlimmer wird.«

Nina wusste nicht, wohin sie die beiden Teller stellen sollte.

»Haben Sie einen bestimmten Platz, auf dem Sie immer sitzen?«

Vera Schwab zeigte auf die linke Seite des Tisches.

»An der Stirnseite sitzt immer mein Mann.«

Nina stellte ihren Teller auf die rechte Seite.

Vera Schwab servierte zum Kaffee Brombeerkonfitüre, Butter und einen Teller mit Schinken und Käse. Nina konnte es kaum erwarten, etwas Salziges zu essen. Vera Schwab reichte ihr den Brötchenkorb. Danach roch sie unvermittelt an ihren Fingerspitzen und lächelte in sich hinein.

»Die Kripo hat sogar getestet, ob ich Schmauchspuren an den Fingern habe«, sagte sie, als sie Ninas irritierten Blick bemerkte.

Weshalb lächelte Vera Schwab andauernd? Weil sie Handschuhe angehabt hatte, als sie auf Nadine Liebig schoss? Oder weil sie gerade von einem Mann kam, mit dem sie die Nacht verbracht hatte?

»Es tut mir leid, dass Sie in den Fokus der Ermittlungen geraten sind«, sagte Nina und salzte ihr Schinkenbrötchen nach.

Vera Schwab nahm von der Konfitüre.

»Ja, es ist demütigend. Aber mir kann ja nichts passieren, weil ich es nicht war.«

»Für die Polizei sind Sie die Einzige, die ein Motiv hat.«

Vera Schwab sah auf die Klinge ihres Messers, auf der sich Sonnenstrahlen spiegelten.

»Das ist absurd. Weshalb sollte ich ein Mädchen dafür bestrafen, dass mein Mann seinen Schwanz nicht in der Hose lassen kann? Bitte entschuldigen Sie, dass ich das so sage, aber Sie glauben nicht, wie müde ich davon bin, dass ich mir ständig

Gedanken machen muss, was er vielleicht schon wieder tut. Sie sind nicht verheiratet, oder?«

Nina schüttelte den Kopf, während sie aus ihrer Handtasche Zigaretten hervorholte. Hatte die elegante Vera Schwab soeben tatsächlich das Wort »Schwanz« in den Mund genommen?

»Darf ich?«, fragte Nina.

Vera Schwab nickte.

»Wenn man den Menschen heiratet, den man liebt, ist man im siebten Himmel. Man kann sich nicht vorstellen, dass er Neigungen hat, die er eines Tages vielleicht ausleben will. Am wenigsten kann man sich vorstellen, dass man weiterhin zu ihm hält.«

Vera Schwab rückte einen Aschenbecher in die Mitte des Tisches und steckte sich eine ihrer Zigaretten an. Beide Frauen rauchten schweigend ein paar Züge.

»Schön haben Sie es hier«, sagte Nina schließlich.

»Ja, wunderschön. Das Haus haben wir am Anfang unserer Ehe vom Erbe meines Vaters gekauft. Danach hat Ricci alles erarbeitet. ›Auf allen vieren ins Glück‹ bringt bis heute viel Geld. Unanständig viel Geld.«

»Und unanständig viele junge Fans«, meinte Nina. »Als Sie vor Jahren für das Schweigen eines Mädchens bezahlt haben, war Ihr Mann auch seiner Neigung nachgegangen?«

»Die Kleine hatte sich ihm gegenüber als volljährig ausgegeben. Das macht die Sache nicht besser, ich weiß. Manchmal wäre es mir lieber, ich hätte herausgefunden, Ricci wäre schwul. Und keiner, der auf kleine Mädchen steht.«

»Kennen Sie wirklich keinen Florian Winter?«

Vera Schwab reagierte ohne zu zögern: »Nein, wer ist das?«

»Ein verhinderter Musiker, mit dem Ihr Mann früher zu tun hatte.«

»Ich habe keine Ahnung«, sagte Vera Schwab eher desinteressiert. »Vor ein paar Wochen kam ein Erpresserbrief. Jemand schrieb, dass mein Mann dafür zahlen soll, dass er es mit kleinen Mädchen treibt. Vielleicht ist der Brief von dem … Wie ist sein Name?«

»Florian Winter. Er arbeitet als Rettungsschwimmer in Timmendorf. Hat Ihr Mann dem Erpressungsversuch nachgegeben?«

»Er behauptet nein, weil er sich keiner Schuld bewusst sei. Aber er zweigt heimlich Geld von unseren Konten ab.«

»Haben Sie den Brief noch?«

Vera Schwab schob ihren Stuhl nach hinten. Er machte auf der mit Schiefer gepflasterten Terrasse ein Geräusch, das Nina durch und durch ging.

Sie erwartete aus Zeitungen ausgeschnittene und aufgeklebte Buchstaben, doch der Brief war in einer ganz normalen Computerschrift verfasst. Ein einziger Satz stand auf dem Blatt: »Du wirst dafür bezahlen, dass du es mit kleinen Mädchen treibst!«

»Waren Sie damit bei der Polizei?«, fragte Nina.

Vera Schwab setzte sich und zog den Stuhl dichter an den Tisch heran. Wieder dieses Geräusch.

»Nein, die hätte doch wieder die Sache von damals ausgekramt und wäre dann überzeugt gewesen, dass etwas an den Anschuldigungen dran ist. Dass die Eltern des Mädchens damals vielleicht nur ihre Anzeige zurückgezogen haben, weil wir bezahlt haben. Es war schrecklich, denn wir waren zu der Zeit gerade ziemlich pleite. Ricci weigerte sich schon länger, sein ›Auf allen vieren ins Glück‹ zu singen. Er wollte nicht mehr auf dieses Lied reduziert werden. Er hat damals all unser Geld in Musiker, Komponisten, Texter und Studios gesteckt, um andere Songs zu produzieren. Er hat sogar versucht, mit Jazz durchzustarten. Hauptsache, mit was Eigenem. Zum Glück war diese Künstlerphase irgendwann vorbei. Als er endlich wieder mit ›Auf allen vieren ins Glück‹ auf die Bühne ging, floss das Geld wieder. Manchmal habe ich das Gefühl, er hasst dieses Lied. Ich verstehe einfach nicht, weshalb. Es ist doch ein Geschenk, diesen Hit zu haben.«

»Hat er das Lied selbst geschrieben?«, fragte Nina.

Vera Schwab nickte.

»Deshalb bringt der Song so viel ein, wenn er im Radio oder sonst wo gespielt wird. Und seien wir mal ehrlich, ›Auf allen vieren ins Glück‹ ist genial. Der Text, die Melodie, da hat mein Mann echtes Talent bewiesen. Wenn er damals wegen Pädophilie durch die Presse gezerrt worden wäre, hätte keiner mehr ›Auf allen vieren ins Glück‹ von ihm hören wollen. Und seine anderen Songs, die interessieren ja schon jetzt kaum einen.«

Vera Schwab nahm den Brief und faltete ihn sorgfältig zusammen.

»Ich möchte, dass Sie dahinterkommen, wofür mein Mann bezahlt. Für Sex mit minderjährigen Mädchen? An wen zahlt er? Ich muss es wissen! Dann kann ich überlegen, wie es weitergeht. Mit seinem Leben und mit meinem Leben.«

Vera Schwab entnahm ihrer Schachtel eine weitere Davidoff. Ihre Hand zitterte.

»Mir kam neulich zum ersten Mal der Gedanke, Ricci zu verlassen. Wenn er solche Sachen tut, dann bedeutet mir all das hier nicht mehr viel. Dann werde ich es aufgeben.«

»Ich glaube nicht, dass Ihr Mann so etwas tut«, sagte Nina, ohne davon überzeugt zu sein. »Und wenn doch und er für das Schweigen des Mädchens Geld bezahlt hat, weshalb wurde es dann erschossen?«

»Das habe ich mich auch gefragt«, antwortete Vera Schwab. »Was ich Ihnen sage, das bleibt doch alles unter uns? Sie sind doch verpflichtet zu schweigen, oder?«

Nina nickte.

Vera Schwab blickte zu den Nachbargärten der Villen zur Linken und zur Rechten, dann beugte sie sich zu Nina über den Tisch und flüsterte: »Mein Mann bezahlt jemandem schon seit längerer Zeit ziemlich viel Geld. Vielleicht wollte er, dass das alles endlich ein Ende hat. Vielleicht hat er dafür bezahlt, dass das Mädchen umgebracht wird.«

2

Die belebte Fuhlsbüttler Straße schien unverändert. Bei genauerem Hinsehen entdeckte Nina jedoch, dass Geschäfte, die hier schon lange existiert hatten, aufgegeben hatten und dass neue aufmachten. Dass das Karussell der Hoffnungen für Friseure, Reinigungen und Cafés sich stetig weiterdrehte, bis einer fest Fahrt aufnahm oder ein anderer aus dem Sattel fiel.

Als Nina in die Schwalbenstraße einbog, wurde es augenblicklich ruhiger. Auf dem großen Spielplatz saßen ein paar klönende Mütter und ließen ihre Kinder nicht aus den Augen. Im Schwalbeneck stand die Tür weit offen. Qualm zog auf die Straße. Obwohl sich die Kneipe im Erdgeschoss ihres Wohnhauses befand, war Nina nur einmal darin gewesen, um ein paar Zigaretten aus dem Automaten zu kaufen.

Wie glücklich war Nina gewesen, als sie vor Jahren hier die Wohnung gefunden hatte. Im fünften Stockwerk ohne Fahrstuhl, unter dem Flachdach mit freiem Blick in den Himmel. Im Winter sehr kalt, im Sommer aufgeheizt – so wie sie es auch von ihrem Zimmer in ihrem Elternhaus in Travemünde kannte. Als Nina jetzt aufschloss, kam ihr die Wohnung seltsam fremd vor. Ihre Nachbarin hatte die Post ordentlich auf den kleinen Küchentisch gelegt. Manche Blumen hatte sie jedoch vergessen zu gießen und vertrocknen lassen, dafür aber Wasser in die Bodenvase mit den künstlichen Sonnenblumen gekippt.

Nina ging unschlüssig durch ihre zwei Zimmer und öffnete ein Fenster, bevor sie die Tasche ablegte und die Wasserhähne in Küche und Badezimmer aufdrehte, um das Wasser, das sich seit Wochen in den Rohren gesammelt hatte, so lange ablaufen zu lassen, bis es frisch war. Auf der Toilette stützte sie das Gesicht in die Hände und wollte am liebsten nicht wieder aufstehen. Sie versuchte es auf die Erschöpfung nach ihrer Zecherei mit Florian Winter und dem anstrengenden Gespräch mit Vera Schwab zu schieben. Nach ein paar Stunden Schlaf würde es ihr hoffentlich besser gehen und sie sich in ihrer Wohnung auch wieder heimisch fühlen.

Nina schloss die Fenster, damit das Geräusch der U-Bahnen, die im Fünf-Minuten-Takt vorbeifuhren, nicht mehr zu hören war. Sie nahm den Stapel Post, der trotz Nachsendeantrag nach Travemünde hierhergeschickt worden war, mit auf ihr Bett. Werbung, Werbung, Werbung. Für einen neuen Pizzaladen auf der Fuhlsbüttler Straße, Werbung für Grafiker, für Kabel 1, für … Ein Brief vom Vermieter mit der Wohngeldabrechnung. Erleichtert stellte Nina fest, dass sie nichts nachzahlen musste. Im vergangenen Winter, der lang und streng war, war sie nicht hier gewesen und hatte die Wohnung nicht heizen müssen, was sie andernfalls vermutlich ein kleines Vermögen gekostet hätte. Sie dachte an die Winter, in denen sie mit Handschuhen, deren Fingerkuppen abgeschnitten waren, in der nicht warm zu bekommenden Wohnung am Computer saß, Übersetzungsaufträge erfüllte und gleichzeitig wusste, dass beinahe jegliches Geld, das sie durch ihre Arbeit einspielte, später für die Heizkosten draufgehen würde. Jetzt, im Juli, war es so warm, dass Nina sich nicht zudeckte, bevor sie in einen unruhigen Schlaf fiel.

Vier Stunden später schreckte sie aus einem Alptraum hoch, der so real schien, dass Nina lange brauchte, um zu begreifen, wo sie gerade war. Vera Schwab und Florian Winter hatten in ihrem Traum eng umschlungen in einer Kneipe gesessen und Nina höhnisch ins Gesicht gelacht. Sie hatten keine Skrupel gehabt, ihr zu sagen, dass sie Nadine Liebig gemeinsam umgebracht hätten. Vera Schwab hatte dann plötzlich eine Pistole hervorgeholt, auf den Tisch gelegt und gesagt, dass als Nächstes Ricci dran wäre. Florian Winter, dessen schönes Gesicht zur Grimasse wurde, hatte dazu genickt. Nina hatte im Traum immer wieder versucht, nach der Pistole zu greifen. Doch sie kam nicht dran. Als Florian und Vera fortgingen, versuchte Nina, ihnen zu folgen. Vergeblich. Ihnen etwas nachzurufen, gelang ihr ebenfalls nicht. Die beiden verschwanden, ohne sich noch einmal zu ihr umzudrehen.

Die Abendsonne schien auf ihre Decke. Nina wischte sich den Schweiß von der Stirn und erhob sich. Auf dem Weg ins Badezimmer sah sie auf ihr Mobiltelefon. Jan hatte mehrmals versucht, sie zu erreichen, jedoch nicht auf die Mailbox gesprochen.

Nina duschte und schaute danach ihren Kleiderschrank nach Sommersachen durch, die sie eventuell mit nach Travemünde nehmen könnte, und packte eine kleine Reisetasche. Sie beschloss, noch ein bisschen durch die Stadt zu schlendern, die sie wunderschön fand – Hamburg. Damit meinte sie nicht die Fuhle, wie die Hamburger liebevoll die Fuhlsbüttler Straße in Barmbek nannten, sondern die Innenstadt, den Jungfernstieg, den Neuen Wall, die Alsterarkaden. Von dort aus erreichte sie dann später mühelos den Hauptbahnhof, wenn sie tatsächlich in Hamburg nichts mehr hielt. Immer kurz nach der vollen Stunde fuhr ein Zug nach Travemünde-Strandbahnhof. Doch sie ließ die gepackte Reisetasche in der Wohnung zurück.

Entgegen ihrem Plan erhob sie sich kurz vor der Haltestelle Sierichstraße von ihrem Platz in der U 3, stieg aus und verließ zielstrebig den erst kürzlich sanierten, über einhundert Jahre alten Jugendstilbahnhof. Überrascht stellte sie fest, wie viel sich auch in dieser Umgebung verändert hatte. Als sie vor ein paar Jahren einem Jungen in der Willistraße ein paar Monate lang Nachhilfeunterricht in Englisch gegeben hatte, war sie öfter hier gewesen. In der alten, gemütlichen Straße Elebeken wurden jetzt neue hochwertige Häuser gebaut. In den kleinen Läden hatten die meisten Betreiber gewechselt. Blumenläden, Reinigung und Maßschneiderei gab es nicht mehr, stattdessen hatten Fitnesstrainer und Sushi-Anbieter Einzug gehalten.

Nina überquerte ihre Lieblingsbrücke in Hamburg, die Goernebrücke, und den Leinpfadkanal. Sie könnte auch durchs schöne Eppendorf schlendern und dort endlich etwas essen und danach bei TK Maxx noch ein paar Sachen für den Sommer einkaufen. Doch sie bog in die Straße ein, in der sie heute schon einmal gewesen war: in die Heilwigstraße.

Vera Schwab verließ gerade das Haus. Nina eilte hinter eine

Litfaßsäule. Vera Schwab trug eine große Sonnenbrille von Chanel und war auffallend attraktiv gekleidet. Als sie vorbeiging, wehte ihr teures, zur Brille passendes Parfüm bis in Ninas Versteck. Sie hatte Nina beim Abschied gesagt, dass sie nicht zu ihrem Mann nach Travemünde führe, weil sie zu Hause Besuch hätte. Wohin wollte sie jetzt allein?

Vera Schwab durchquerte den U-Bahn-Tunnel der Kellinghusenstraße. Nina folgte ihr in sicherem Abstand, vorbei an dem Gitarrenspieler, der nicht Gitarre spielen konnte. Sie bestieg ein Taxi. Nina nahm eilig das nächste.

»Bitte folgen Sie Ihrem Kollegen«, forderte sie den Fahrer auf. Der sah sie im Rückspiegel an, als wäre sie verrückt, dann tat er, was sie verlangte.

Weshalb hatte Vera Schwab sich kein Taxi vor ihre Haustür bestellt?

In der Koppel in St. Georg stieg Vera Schwab aus und wartete, bis das Taxi weggefahren war.

Nina bezahlte. Um noch im Wagen sitzen bleiben zu können, ließ sie sich eine Quittung ausstellen.

Vera Schwab ging die Straße entlang. Nina folgte ihr auf der anderen Straßenseite. Die Koppel mitten im belebten St. Georg war in den vergangenen Jahren zu einer attraktiven Straße geworden. Relativ ruhig gelegen, mit vielen liebevoll restaurierten Altbauten, in denen sich neben schönen Wohnungen auch viele Büros und kleine Läden befanden, die eher ausgefallene Sachen anboten. Vera Schwab bog in einen bebauten Innenhof ein. Weshalb hatte sie sich nicht bis zu ihrem Ziel fahren lassen?

Nina rannte zu dem Durchgang und spähte um die Ecke. Nur wenige Meter entfernt stand Vera Schwab vor der Tür einer Erdgeschosswohnung. Sie zog ihr Kleid zurecht, fuhr sich durchs Haar, schminkte sich die Lippen nach und sah sich nach allen Seiten um, bevor sie an die Tür klopfte. Einmal lang, dreimal kurz.

Nina wich zurück, als ein Mann die Tür öffnete und Vera Schwab zu sich hineinzog.

Nina näherte sich vorsichtig dem Haus.

»Frank Thom – Veranstaltungstechnik« stand auf einem Schild an der Eingangstür.

Durch einen Spalt zwischen den Lamellen der Jalousie sah Nina Vera Schwabs Kleid zu Boden fallen.

***

Er hatte alles versucht. Zuerst nur in Gedanken. Dann in der Tat.

Er hatte Furchtbares geplant. Doch es war schiefgegangen.

Jetzt hatte er Schreckliches angerichtet.

Viel Leid zugefügt.

Er musste endlich das Richtige tun.

Dieses Mal würde es ihm gelingen.

MITTWOCH

1

Nina und Jan saßen in zwei Sesseln in der neuen Bar am Strand. Über ihren Köpfen flatterten weiße Segel, die als Sonnenschutz dienten. Rote Decken lagen zum Schutz gegen die Kühle am Abend über den Lehnen bereit. Noch war es warm.

Ein paar Leute, die sich täglich in ihren dicht zusammenstehenden Jahresstrandkörben trafen, saßen fröhlich beieinander. Um ihre Körbe herum hatten sie zusätzlich ein paar Liegen und Tische aufgebaut. Von Kaffee und Kuchen waren sie inzwischen zu Schnittchen und Sekt übergegangen und lachten so laut, dass es für die Strandgäste, die sich für acht Euro fünfzig pro Tag einen Korb gemietet hatten, an Lärmbelästigung grenzen konnte. Eine Frau aus der Clique rief: »Man muss schon gut erholt sein, wenn man unsere Strandkorbtreffen überstehen will!« Erneut lachten alle los. Die Vermieterin der Strandkörbe servierte Nachschub an alkoholischen Getränken, als die selbst mitgebrachten ausgingen. Als ein Junge einer Schulklasse einen Ball durch die Strandkörben hindurchschoss, sprang einer aus der Gruppe auf und schrie die Lehrerin an: »Ich weiß, Kinder sind unsere Rente! Aber erst mal muss der Strandkorbverleiher seine Rente durch uns verdienen!«

Am Riesentrampolin herrschte großer Andrang von Kindern. Manche versüßten sich das Warten mit Eis und bekleckerten ihre T-Shirts. In einem Bassin trudelten Kinder in großen durchsichtigen Plastikbällen. Ein paar Männer lagen, von der Travemünder Woche erschöpft oder betrunken, voll bekleidet auf Handtüchern am Strand und schliefen.

Jan berichtete Nina, dass er sich mit einem Makler wegen einer schönen Wohnung rechtlich auseinandersetzte, doch er redete nicht weiter, denn Nina hörte kaum zu. Ein älterer Mann, der am Geländer der Promenade lehnte, blickte unaufhörlich zu ihr. Er kam Nina bekannt vor. Wo hatte sie ihn schon mal gesehen? Wann? Weshalb ließ er sie nicht aus den Augen? Hatte er vielleicht etwas mit dem Tod Nadine Liebigs zu tun? Nina erhob sich, als Jan sich gerade über die vermeintlich unseriösen Verkaufsgebaren des Maklers und des Eigentümers entrüstete, und ging auf den Mann zu.

»Müssen wir schon zum Konzert?«, fragte Jan irritiert, doch das hörte Nina nicht mehr.

Sie rannte in Richtung Treppe, die auf die Promenade und mitten hinein in die Menschenströme der Travemünder Woche führte. Als sie dort ankam, war der Mann in den Massen verschwunden.

Ricci Bell trat aus dem Maritim-Hotel. Er trug einen weißen Jeansanzug und ein azurblaues Hemd. Langsam schritt er die breite Treppe hinab und genoss die Blicke der Menschen, die ihn erkannten und staunend oder gaffend stehen blieben. Er verharrte auf den Stufen und tat so, als würde er nur einen Moment lang die Aussicht über die Ostsee genießen wollen.

Nina erinnerte das an eine Episode, die sie über einen inzwischen verstorbenen Schlagersänger gehört hatte: Nachdem er den Zenit seines Erfolges längst überschritten hatte und nur noch gelegentlich in Auto- oder Bettenhäusern auftrat, kam er eines Abends in sein Hotel zurück. Auf dem Weg zum Eingang verbeugte er sich nach links und rechts, als würde dort eine jubelnde Masse Menschen Spalier stehen. Dabei befand sich kein einziger Mensch vor dem Hotel.

Irgendwo schrien Leute »Hölle, Hölle, Hölle!« zu Wolfgang Petrys »Wahnsinn«. Nina bedeutete Jan von Weitem, dass er eiligst bezahlen sollte. Jan legte einen Geldschein unter den Aschenbecher und folgte ihr.

Plötzlich ein Schuss.

Die vielen redenden und lachenden Menschen verstummten. Einen Moment noch war die Musik aus den verschiedenen Lautsprecherboxen zu hören.

Im nächsten Augenblick schrie jemand auf.

Menschen rannten auseinander.

Ein Mann warf sich zu Boden.

Flüchtende trampelten über ihn hinweg.

Eine Frau rannte auf Ricci Bell zu, der zu Boden gesackt war.

Seine weiße Jacke von Blut durchtränkt.

Nina stand wie gelähmt am Rand der Promenade.

Hier irgendwo war auch der Schütze. Er hätte keinen besseren Hinterhalt als diese Menschenmenge wählen können.

Nina erspähte den Mann, der sie vorhin fixiert hatte und dann untergetaucht war. Bevor sie zu ihm laufen konnte, griff Jan Ninas Hand und zog sie mit sich.

Sie riss sich los. Rannte auf den Fremden zu. Wieder war er verschwunden.

Sanitäter kamen von ihrem Stützpunkt an der Travepromenade über die große Wiese zum Maritim gerannt.

Sie konnten für Ricci Bell nichts mehr tun.

2

Vera klopfte an Franks Tür. Vergeblich. Er war noch nicht zurück. Sie war enttäuscht.

Frank schien überrascht, als sie ihm am Telefon sagte, sie könnte heute Abend schon wieder zu ihm kommen. Freute es ihn nicht?

Er bräuchte noch etwa eine Stunde, bis er von seinem Job zurück nach Hause kam, sagte er ihr. Vera sah immer wieder zur Einfahrt in den Innenhof, in dem seine Wohnung lag. Die Stunde war längst um.

War Vera in letzter Zeit zu oft bei Frank gewesen? Verlor er das Interesse an ihr? Befürchtete er, dass Vera inzwischen mehr als nur eine Affäre mit ihm wollte? Dass sie sogar bereit war, für Frank ihr bisheriges Leben aufzugeben. Das Leben mit Ricci. Das Leben mit viel Geld.

Bis zu diesem Abend war Vera überzeugt gewesen, dass Frank sich das schon immer sehnlichst wünschte, weil er sie liebte. Dass sie für ihn nur eine Frau sein könnte, von der er nichts weiter als gelegentlichen Sex wollte, war Vera noch nie in den Sinn gekommen. Bis zu diesem Abend.

Vera nahm das Telefon aus der Handtasche, um Frank anzurufen und zu fragen, wo er bliebe. Doch sie überlegte es sich anders und steckte das Telefon wieder ein. Sie wollte keine Frau sein, die einen Mann fragte: »Wo bist du? Wo bleibst du?« Sie selbst wollte solche Fragen in ihrem Leben auch nicht mehr gestellt bekommen.

Scheinwerfer leuchteten in der Einfahrt auf. Frank stieg aus und kam mit finsterer Miene auf sie zu. Missfiel ihm, dass Vera bereits vor seinem Haus wartete?

»Entschuldige, hat länger gedauert«, sagte er und schloss die Tür zu seiner Bürowohnung auf.

Er küsste Vera nicht wie sonst im Flur zur Begrüßung. Auch im Zimmer nicht.

In ein benutztes Glas goss er sich Whiskey und trank es in einem Zug aus. Mit zitternden Händen stellte er das Glas etwas zu heftig auf dem Tisch ab. Auf dem Weg ins Badezimmer wies Frank in Richtung Spülbecken in der offenen Küche.

»Da muss irgendwo noch ein sauberes Glas sein. Ich muss erst mal duschen.«

Vera kam sich plötzlich wie eine Idiotin vor. Wie hatte sie nur annehmen können, dass dieser Mann niemals die Lust an ihr verlor? Dass er alles tun würde, um mit ihr zusammen zu sein? Unschlüssig, ob sie gehen oder bleiben sollte, kippte sie sich Whiskey in Franks Glas und trank einen Schluck. In der Wohnung sah es chaotischer aus als sonst. Vielleicht hatte Frank ja heute auch einfach nur zu viel Arbeit gehabt, einen unverhofften Auftrag bekommen, eine Veranstaltung aufzubauen.

Vera streifte sich die Schuhe von den Füßen und legte ihr Kleid ab. Sie ging ins Badezimmer. Frank lehnte mit der Stirn an der gefliesten Wand in der Duschkabine. Das Wasser, das er über sich laufen ließ, war so heiß, dass der ganze Raum mit Wasserdampf angefüllt war.

Vera trat zu Frank und lehnte ihren Oberkörper an seinen Rücken.

Frank löste sich von der Wand und umarmte sie, als wollte er sie nie wieder loslassen.

DONNERSTAG

1

In der Presse wurde debattiert, ob zwei Morde ausreichende Gründe dafür wären, die Travemünder Woche abzubrechen, aus Gründen der Pietät und weil vielleicht weitere Menschen um ihr Leben bangen müssten.

Würden Besucher fernbleiben, weil sie fürchteten, sich in Travemünde in Gefahr zu begeben? Zog es stattdessen andere hierher, um am Ort des Geschehens zu sein?

Wie viele Spektakel auf dieser Welt waren bereits fortgesetzt worden, obwohl es zu Todesfällen gekommen war? Auch die Travemünder Woche ging weiter, als wäre nichts geschehen.

In den Medien wurde inzwischen überregional über die Morde in Travemünde berichtet. Vielleicht weil zwei tödliche Anschläge kurz nacheinander verübt worden waren. Sicherlich weil das zweite Opfer eine Berühmtheit gewesen war: Ricci Bell.

Florian Winter legte die Lübecker Nachrichten beiseite. Er saß beim Stadtbäcker, auf Höhe des Maritim an der Anlegestelle der Fähre zum Priwall, und blickte zum Hotel hinauf. In einem der dreizehn Stockwerke lag das Zimmer, in dem Ricci Bell gewohnt hatte. Florian musste unbedingt in dieses Zimmer gelangen. Doch wie sollte er herausfinden, welches es war? Außerdem befürchtete er, dass es polizeilich versiegelt war.

Beim Stadtbäcker waren an diesem Vormittag bereits fast alle Plätze besetzt. Die Bedienungen hinter dem Tresen bewältigten den Andrang der Menschen, die Kuchen, Kaffee oder Eis kauften, auf bewundernswert flinke und höfliche Weise. Eine alte Frau in einer blauen Kittelschürze hatte sich vor den Toiletten einen Tisch und einen Sonnenschirm aufgebaut und begrüßte jeden Gast freundlich.

Ein ziemlich übergewichtiges Paar fragte Florian, ob bei

ihm noch zwei Plätze frei wären. Florian bejahte und zog die Zeitung und seinen Kaffeebecher dichter zu sich heran. Die Frau stellte das volle Tablett auf dem Tisch ab. Das Paar setzte sich. Die Frau teilte Teller und Tassen zwischen sich und ihrem Mann auf. Beinahe synchron bissen die beiden in ihre Streuselschnecken und kauten. Auch nachdem sie den Kuchen hinuntergeschlungen hatten, redeten sie kein Wort miteinander.

Ein Straßenmusikant spielte auf der Promenade ein Lied, traf aber keinen Ton. Danach ging er mit einem Hut durch die eng besetzten Stuhlreihen beim Bäcker, um Geld für seine künstlerische Darbietung einzusammeln. Florian signalisierte dem Musiker schon von Weitem, dass er ihm kein Geld geben würde, damit der Mann sich nicht extra zu ihm hindurchdrängelte. Der Musikant kam trotzdem auf ihn zu, hielt Florian seinen Hut dicht vors Gesicht und fixierte ihn.

War Florian es eben noch unhöflich vorgekommen, aufzustehen, als sich das dicke Paar zu ihm setzte, so schob er jetzt seinen Stuhl nach hinten und ging fort.

»Nichts! Nichts! Nichts!«, rief ihm der Straßenmusiker hinterher. »Ich habe schon in deinen Augen gesehen, dass da nichts ist!«

Florian ging über die Wiese auf das Maritim zu. Er wollte endlich kein Nichts mehr sein.

In Ricci Bells Hotelzimmer lag der Beweis, dass er es nicht war.

2

»Wo waren Sie, als Sie den Anruf bekamen, dass Ihrem Mann etwas zugestoßen ist?«, wiederholte Kommissar Mittermaier.

»Zu Hause«, antwortete Vera Schwab.

»Und es gibt keine Zeugen dafür?«

Auch diese Frage hatte Vera Schwab bereits beantwortet. Sie blickte Mittermaier fest in die Augen und schüttelte den Kopf. Die ganze Befragung kam ihr wie ein Wettstreit zwischen dem Kommissar und ihr vor. Doch es war kein Spiel. Ihr Mann war tot!

Der Anruf von Nina Wagner, dass Ricci etwas Furchtbares zugestoßen sei, kam, als Frank und sie sich in der vergangenen Nacht gerade liebten. Als Vera gerade all ihre Zweifel an Franks Gefühlen verlor.

Sie war fest entschlossen, nicht an ihr Telefon zu gehen, als es klingelte, denn sie vermutete, es wäre Ricci, der sich nur mal wieder über etwas beklagen wollte, was während seines Gigs oder in seinem Hotel nicht richtig geklappt hatte. Woran selbstverständlich grundsätzlich andere schuld waren. Als das Klingeln nicht aufhörte, löste Vera sich schließlich aus Franks Umarmung und nahm den Anruf doch entgegen. Sie erfuhr von Nina Wagner, was Ricci zugestoßen war, und sagte: »Ich komme.«

Vera stand auf und zog sich an.

Frank setzte sich im Bett auf und steckte sich eine Zigarette an.

»Es tut mir leid«, sagte Vera, als sie sich kurz zu Frank beugte und ihn flüchtig küsste.

»Dein Mann?«, fragte Frank.

Vera nickte und verließ die Wohnung. Draußen versuchte sie zu weinen, doch es gelang ihr nicht.

Im Auto erreichte sie der Anruf von Kommissar Mittermaier.

Vera verlangte, Ricci noch einmal sehen zu dürfen. Eine Stunde später stand sie in Lübeck in der Rechtsmedizin.

Ricci lag auf einem Stahltisch. Unter einem Tuch, das ihn bis auf Brusthöhe bedeckte. Vera legte ihm eine Hand auf eine Wange. Noch immer konnte sie nicht weinen. Der Kommissar bat sie später in sein Büro, um ihr noch ein paar Fragen stellen zu dürfen. Vera ließ sich Zeit und blieb ein paar Stunden bei ihrem Mann.

Später, auf dem Weg zu Mittermaier, beschloss Vera, nicht zuzugeben, dass sie eine Affäre hatte. Nicht weil es sie verdächtiger machte, sondern weil die Presse es aufgreifen und dadurch posthum Riccis Ruf schaden könnte. Frank würde ebenfalls nicht mehr in Ruhe gelassen. Veras Beziehung zu ihm hatte rein gar nichts mit Riccis Tod zu tun, deshalb ging sie auch niemanden etwas an.

Und Vera hatte nichts mit Riccis Tod zu tun. Ihr konnte also nichts passieren.

Jetzt bin ich frei, begriff Vera plötzlich und schämte sich nicht.

Der Kommissar schob ihr einen frischen Becher Kaffee über den Tisch.

»Frau Schwab, wir ermitteln in zwei Mordfällen, zwischen denen offenbar ein Zusammenhang besteht. Und Sie haben für beide kein Alibi!«

Vera nippte am heißen Kaffee.

»Und jetzt meinen Sie, dass ich … Also noch einmal: Ich war allein zu Hause. So wie man eben allein zu Hause ist, wenn der Ehepartner verreist ist. Oder laden Sie sich immer Zeugen ein, wenn Ihre Frau mal verreist?«

Mittermaier zerdrückte beinahe den Plastikbecher in seiner Hand.

»Um mich geht es hier nicht! Ich hatte kein Motiv, Ihren Mann zu töten.«

»Aber ich?«, fragte Vera höhnisch.

Mittermaier klappte eine Akte auf.

»Ihr Mann hat Ihnen immer wieder Probleme bereitet. Vor

ein paar Jahren wurde er angezeigt, weil er sich an einem minderjährigen Mädchen vergangen haben soll.«

»Was nie bewiesen wurde! Die Anzeige wurde zurückgezogen.«

»Nachdem Sie und Ihr Mann dafür großzügig bezahlt haben. Sie glauben doch nicht tatsächlich, dass da nichts war? Wir sind sicher, dass Ihr Mann häufiger junge Mädchen missbraucht hat.«

»Missbrauch! Lächerlich! Genauso lächerlich, wie mich zu verdächtigen, dass ich da draußen herumlaufe und auf Leute schieße!«

»Nicht auf irgendwelche Leute! Auf die Geliebte Ihres Mannes. Und auf Ihren Mann.«

Vera erhob sich. Dabei stieß sie gegen ihren Plastikbecher. Der Kaffee lief über Mittermaiers Schreibtisch.

»Da draußen ist ein Verrückter unterwegs und schießt auf unschuldige Menschen! Vielleicht tut er es gerade in diesem Moment noch einmal. Und Sie beschuldigen mich! Ich habe meinen Mann verloren, weil Sie Ihre Arbeit nicht richtig machen!«

»Setzen Sie sich!«, verlangte der Kommissar.

Vera nahm ihre Handtasche.

»Wir sind noch nicht fertig!«, sagte Mittermaier streng.

»Doch, das sind wir! Ich habe keine Zeit zu verschwenden, so wie Sie! Ich muss mich jetzt um die Beerdigung kümmern, um alles …«

Jetzt kamen Vera die Tränen. Vor Wut. Vor Trauer. Sie wusste es nicht.

»Es dauert noch, bis der Leichnam Ihres Mannes freigegeben wird«, sagte Mittermaier etwas versöhnlicher. »Bitte setzen Sie sich!«

Vera blieb stehen.

»Ich möchte meinen Anwalt anrufen!«

3

»Das ist doch Quatsch!«, schrie Nina gegen den Lärm an, der von der Promenade drang, und gegen das Motorengeräusch des Autos, in dem Jan mit ihr über die Freisprechanlage sprach. »Sage bitte dem Mittermaier, er soll unbedingt die Eltern von Nadine Liebig befragen. Die hatten doch auch ein Motiv, Ricci Bell umzubringen. Und sage ihm, dass Ricci Bell vermutlich ein Doppelleben als Schwuler geführt hat! An seinem Freund bin ich gerade dran.«

Jan war auf dem Weg nach Lübeck, weil Vera Schwab dort seit letzter Nacht bei der Kripo als Hauptverdächtige festgehalten wurde und seinen Beistand wünschte. Er trat auf die Bremse, dass die Reifen quietschten.

»Nina, hör auf damit! Dein Ricci Bell ist nicht schwul! Er hatte immer eine Vorliebe für kleine Mädchen. Deine Frau Schwab hat als Einzige ein Motiv. Eifersucht, Rache, was weiß ich. Ich werde sie jetzt vertreten, so gut ich kann.«

»Und ich gucke mir noch mal diesen Florian Winter an!«

Nina drückte das Telefonat weg, bevor Jan versuchen konnte, sie davon abzubringen. Sie folgte Florian in sicherem Abstand in Richtung Maritim-Hotel. Was suchte er dort?

An der Rezeption waren zwei Frauen damit beschäftigt, eine Gruppe Rentner auszuchecken. Solange Florian an einem der Fahrstühle wartete, verharrte Nina unterhalb der Treppe, die in die Lobby führte.

Kaum war Florian eingestiegen, eilte sie los, um den nächsten Lift zu nehmen. Sie fuhr bis in die oberste Etage des Hotels, denn sie vermutete, dass Ricci Bell hier untergebracht gewesen war, weil er von dort aus den besten Ausblick übers Meer hatte.

Wollte Florian Winter dorthin? Oder besuchte er jemand anderen? Einen weiteren Freund? Einen, der vielleicht eifersüchtig war und etwas mit dem Tod des Sängers zu tun hatte?

Sie stieg aus und sah sich in dem langen Flur nach allen

Seiten um. Dicht an dicht geschlossene Türen. Keine war als Tatort versiegelt. Nina horchte. Nirgends vernahm sie Florians Stimme.

Eilig fuhr sie eine Etage tiefer.

Dort stellte eine Putzfrau gerade ihren Wagen mit Reinigungsmitteln und frischen Handtüchern bereit. Nina schritt so selbstsicher wie möglich an ihr vorbei.

In der Mitte des Ganges entdeckte sie eine Tür, an der ein Polizeisiegel klebte, und verharrte einen Augenblick. Die Putzfrau beobachtete sie argwöhnisch. Nina schlenderte weiter.

Als die Reinigungskraft in einem Zimmer verschwand, eilte Nina zu der Tür mit dem Siegel zurück. Es war beschädigt. Von drinnen kamen leise Geräusche.

Was sollte sie jetzt tun? Anklopfen und »Zimmerservice« rufen? Das wäre Unsinn, denn wer auch immer in Ricci Bells Zimmer war, wusste, dass ein mit polizeilichem Verschlusssiegel versehenes Zimmer nicht mehr geputzt wurde.

Florian mochte Nina. Vielleicht würde er sie einlassen, wenn sie sich ihm zu erkennen gab. Und mit ihr reden. Doch sie verwarf auch diese Überlegung, denn Florian wusste genauso gut wie sie, dass er gerade eine Straftat beging, bei der er nicht mal von Nina erwischt werden durfte. War er in dieses Zimmer eingebrochen, weil er bereits eine noch größere Straftat begangen hatte?

Die Putzfrau kam aus dem Zimmer auf den Flur und nahm frische Handtücher vom Wagen. Nina eilte zu ihr und bat sie, an der Rezeption zu melden, dass jemand in das von der Polizei versiegelte Zimmer eingebrochen war.

Florian trat auf den Flur und entdeckte Nina neben der telefonierenden Reinigungskraft. Er drehte sich um und lief in die andere Richtung. Nina rannte ihm nach und griff nach seinem Arm.

»Was machst du hier?«

Florian stieß Nina mit großer Wucht von sich. Sie flog gegen die Wand. Die Putzfrau schrie etwas in ihr Handy. Weil es am Ende des Flures für Florian kein Entkommen gab, rannte er nun an Nina vorbei, die unter Schmerzen zu Boden gegangen war. An der Putzfrau vorbei, die ängstlich zur Seite wich.

Er drückte immer wieder auf den Knopf des Fahrstuhls. Schließlich gab er auf und lief in Richtung Notausgang, die Treppen der zwölf Etagen hinab.

Nina richtete sich mühsam auf und eilte Florian nach.

Vor den Ausgängen des Hotels warteten bereits jeweils zwei Mitarbeiter des Maritim und nahmen Florian Winter unsanft in Empfang.

Kurz darauf fuhr ein Wagen der Kripo vor.

Florian Winter musste die Hände erheben. Er wirkte resigniert, als er sich nach Waffen abklopfen und ins Auto verfrachten ließ.

Durch das Fenster schaute er zu Nina.

Sie fühlte sich wie eine Verräterin.

4

Kommissar Mittermaier belehrte Florian Winter über dessen Rechte und bot ihm an, einen Anwalt zur Vernehmung hinzuzuziehen. Er verzichtete darauf. Er hätte nichts getan.

»Sie sind in das Hotelzimmer des getöteten Ricci Bell eingebrochen«, begann Mittermaier.

Florian Winter nickte schuldbewusst.

»Ich habe mir nur zurückgeholt, was mir gehört. Dafür können Sie mich gern bestrafen.«

»Was haben Sie sich zurückgeholt?«

»Ein Lied.«

Mittermaier sah unwillkürlich zur Scheibe, hinter der Nina saß. Er hatte wieder diesen abschätzigen Blick, der besagte: »Welchen Verrückten haben Sie mir denn nun schon wieder angeschleppt? Und zum Dank dafür lasse ich Sie dem Verhör beiwohnen?«

»Ein Lied hat Herr Bell Ihnen also entwendet. Und das lag da im Zimmer herum, und Sie wollten es sich wiederholen?«

Nina verstand, dass dieser sarkastische Kommentar an sie gerichtet war, nach dem Motto: »Das soll ein Tatverdächtiger sein? Zeitverschwendung ist es, diesen Mann zu befragen!«

»In welchem Verhältnis standen Sie zu Ricci Bell?«, fragte der Kommissar.

»Wir standen in keinem Verhältnis! Wir hatten nur noch eine Rechnung offen.«

»Worüber?«

»Über ein Lied.«

Mittermaier blickte wieder zu Nina. Sie hatte ihm erzählt, dass Ricci Bell schwul und Florian Winter vermutlich sein Freund war. Nina wich schuldbewusst nach hinten aus, obwohl der Kommissar sie gar nicht sehen konnte.

»Es ist mein Lied«, fügte Florian hinzu.

»Sie waren ein Fan von Ricci Bell?«, fragte Mittermaier.

»Kann man nicht sagen.«

»Aber Sie mochten seine Lieder?«

»Kann man auch nicht sagen.«

Mittermaier blickte kurz an die Decke.

»Was haben Sie dann im Zimmer dieses Sängers gesucht?«

»Mein Lied.«

»Hören Sie, Herr Winter! Sie sitzen hier nicht zum Spaß. Auch nicht zu meinem Spaß. Wir ermitteln hier in einem Mordfall! In zwei Mordfällen! Jetzt ist langsam Schluss mit lustig!«

Florian griff in die Innentasche seiner Jacke.

Nina fiel auf, dass es Ricci Bells Lederjacke war.

Er faltete ein Blatt Papier auseinander und schob es über den Tisch dem Kommissar hin.

»›Auf allen vieren ins Glück‹ ist mein Lied. Ricci Bell hat es mir geklaut. Vor über zehn Jahren. Hier ist der Beweis. Ich habe mich damals nicht dagegen gewehrt. Mein Fehler. Aber wer konnte auch ahnen, dass das Lied so erfolgreich wird. Und Ricci Bell damit so reich. Wir waren dabei, reinen Tisch zu machen. Hier ist der Beweis.«

Mittermaier las, was auf dem Papier stand, während Florian wie um sein Leben weiterredete. Als hätte er nur darauf gewartet, endlich jemandem seine Geschichte erzählen zu dürfen. Er berichtete über einen Songwettbewerb, für den er vor über zehn Jahren »Auf allen vieren ins Glück« als Demo-CD bei Jurymitglied Ricci Bell eingereicht hatte. Es gewann einer der vielen anderen Wettbewerbsteilnehmer. Florian hörte nie wieder etwas von der Jury. Bis ein Jahr später plötzlich sein Lied im Radio lief. Gesungen von Ricci Bell.

Florian machte eine Pause und blickte den Kommissar an, als müsste dieser jetzt endlich verstehen. Dann redete er weiter – über die Demütigung, die Ricci Bell ihm angetan hätte, über sein verpatztes Leben als Musiker und das viele Geld, das ihm entgangen wäre.

»Hier steht, dass Sie bereits mehrere Geldsummen von Ricci

Bell als Entschädigung erhalten hätten«, entgegnete Mittermaier unbeeindruckt.

Florian lächelte.

»Ich habe vor einiger Zeit endlich angefangen, mich zu wehren. Und er hat gezahlt.«

»Hier steht auch, dass Ricci Bell dafür bezahlt hat, dass Sie weiterhin Stillschweigen darüber bewahren, dass der Song auf Ihrem Mist gewachsen ist, und er ihn weiterhin als den seinen ausgeben darf.«

Florian nickte.

»Aber dann haben Sie es sich anders überlegt. Sie wollten Ihr Lied ganz zurück, weil Sie zukünftig selbst abkassieren wollten, und sind in sein Zimmer eingebrochen«, stellte Mittermaier fest.

»Wäre Ricci noch am Leben, hätte ich die Vereinbarung wohl so unterschrieben. Aber ich hätte mich weiterhin gut dafür bezahlen lassen. Doch jetzt ist er tot. Ich muss also keine Rücksicht mehr auf ihn nehmen.«

»Und auf die Witwe auch nicht?«

»Die hat nun wirklich lange genug von meinem Lied profitiert. Was meinen Sie, wie viel ›Auf allen vieren ins Glück‹ eingespielt hat, insgesamt?«

Der Kommissar zuckte mit den Schultern.

»Fast eine Million!«, sagte Florian Winter.

Der Kommissar wedelte mit dem Zettel.

»Ricci Bells Tod kommt Ihnen also sehr gelegen! Wo waren Sie, als er erschossen wurde?«

Florian blickte zur Scheibe – in Ninas Richtung.

»Ich war an dem Abend in Timmendorf. Gitarre spielen am Strand, auf meinem Rettungsturm.«

»Zeugen?«, fragte Mittermaier.

Florian Winter zögerte, dann verneinte er.

»Herr Winter, vielleicht sollten Sie doch lieber einen Anwalt anrufen«, riet der Kommissar.

5

Am späten Nachmittag fuhren Nina und Jan aus Lübeck zurück nach Travemünde. Der Verkehr war stockend, viele Menschen waren an diesem herrlichen Sommertag nach Feierabend unterwegs zur Travemünder Woche oder an den Strand.

Nina blickte schweigend aus dem Fenster, viele Fragen gingen ihr durch den Kopf.

Als ihr Telefon klingelte, zog sie es unwillig aus der Tasche. Vera Schwab bedankte sich bei ihr, dass sie nach der Überführung Florian Winters das Kommissariat hatte verlassen dürfen, und sie kündigte an, Nina das gesamte Honorar zu zahlen, auch wenn der Auftrag durch die unglücklichen Umstände vorzeitig beendet war. Nina sprach Vera Schwab ihr Beileid zum Tod ihres Mannes aus. Vera Schwab dankte ihr kurz und legte auf.

Nina steckte sich eine Zigarette an und pustete Qualm aus dem offenen Fenster.

»Unglückliche Umstände ... So kann man es auch nennen, wenn der Ehemann erschossen wurde«, sagte sie vor sich hin. »Ich weiß nicht, ob dieser Job wirklich etwas für mich ist. In diesem Job zerstört man Leben.«

»Du hast gerade Vera Schwabs Leben gerettet«, widersprach Jan.

»Ja, aber dafür sitzt jetzt Florian in U-Haft«, entgegnete Nina.

»Ist doch noch gar nicht erwiesen, ob er es wirklich war.«

»So oder so, er wird die Geschichte dieses bescheuerten Songs, den ihm Ricci Bell angeblich geklaut hat, in die Medien bringen. Und Ricci Bells Ruf posthum beschädigen. Alles durch meine Arbeit.«

»Entschuldige, Nina, aber dein Ricci Bell war ein ziemliches Schwein. Beklaut skrupellos einen Nachwuchssänger und wird dadurch reich.«

»Und seine Frau muss jetzt bis ans Lebensende dafür bezahlen.«

»Vielleicht wusste sie ja von dieser schmutzigen Geschichte und hat mitgespielt.«

»Glaube ich nicht«, entgegnete Nina.

»Du magst sie.«

»Ich mag auch Florian.«

»Den kennst du doch gar nicht!«

Nina stellte das Radio an. »Auf allen vieren ins Glück«.

Sie betätigte den Sendersuchlauf. »Auf allen vieren ins Glück«.

Nina schaltete das Radio wieder aus.

6

An diesem Abend erzählte Vera ihm alles. Über Ricci, ihre Ehe mit ihm, seine Neigungen – und dessen Tod. All das, was während der letzten Tage geschehen war und was sie getan hatte. Frank hörte aufmerksam zu, manchmal wich er Veras Blick aus.

»Zum Glück haben sie mich jetzt nicht mehr unter Verdacht, sondern irgendeinen Rettungsschwimmer, den Ricci um Geld betrogen haben soll«, schloss Vera.

Frank schenkte ihr und sich Whiskey nach. Vera erhob sich und setzte sich auf seinen Schoß.

»Mein altes Leben ist vorbei«, flüsterte sie. »Endlich.«

Das befreiende Gefühl, keine Geheimnisse mehr vor ihm haben zu müssen, hätte sie beinahe dazu verführt, ihn zu fragen, ob er ab jetzt mit ihr zusammenleben wollte. Sie war überzeugt, dass Frank sich nichts sehnlicher wünschte als das. Am Anfang ihrer Beziehung hatte er gewagt, dies zu äußern, obwohl es gegen die Abmachung gewesen war. Vera hatte ihn damals dafür bestraft, indem sie sich wochenlang nicht mehr bei ihm meldete und ihn fürchten ließ, dass sie sich nie wieder heimlich mit ihm treffen würde.

Doch Vera wollte nicht, dass Frank sie für einen schlechten Menschen hielt, wenn sie ihm die Frage nach dem Zusammenleben so kurz nach dem Tod ihres Mannes stellte, also schwieg sie lieber.

Sie zog Frank mit sich aufs Bett.

Nach kurzer Zeit unterbrach Frank das Liebesspiel.

»Tut mir leid. Ich habe wohl zu viel getrunken.«

Vera lächelte ungläubig und fuhr sacht mit der Hand in Richtung seines Schoßes. Er nahm ihre Hand, legte sie beiseite, erhob sich und ging zum Tisch, um sein Glas nachzufüllen. Mit dem Rücken zu Vera trank er es in einem Zug leer. Vera zog sich die Decke über den nackten Körper. Sie hatten oft schon viel getrunken, es war nie ein Problem gewesen. Verlor Frank gerade die Lust, weil jetzt etwas auf ihn zukam, das er gar nicht mehr wollte?

Frank wandte sich zu ihr. Der Ausdruck in seinen Augen steigerte Veras Angst. Er kam zum Bett, legte sich zu ihr und schloss sie in die Arme.

»Es tut mir sehr leid«, sagte er.

Was tat ihm leid? Dass er nicht mit ihr schlafen konnte oder dass er Abschied von ihr nehmen wollte?

Vera begann zu weinen.

Frank nahm ihr Gesicht in seine Hände.

»Ich bin da.«

Vera nickte.

7

Der DJ legte »Get Lucky« auf. Einen Hit, den Nina in diesem Sommer besonders mochte. Sie rutschte vom Barhocker und fragte den DJ, von wem der Song sei. »Daft Punk«, bekam sie zur Antwort, als wäre es unmöglich, dies nicht zu wissen.

»*Das* ist ein Hit«, meinte Nina, als sie sich wieder neben Jan setzte.

Im Smokys waren bisher nur zwei Tische besetzt. Erst wenn gegen Mitternacht auf den Bühnen der Travemünder Woche Ruhe einkehrte, würden hier noch Gäste einfallen, um weiterzufeiern. Solange konnte man sich noch in Ruhe unterhalten oder unbeengt auf der Tanzfläche bewegen.

»Heute geht alles auf meine Rechnung«, sagte Nina dem Barkeeper, als dieser zwei Caipirinhas auf den Tresen stellte, und stieß ihr Glas gegen das von Jan.

»Ich habe inzwischen Frieden mit diesem Auftrag geschlossen. Danke nochmals, dass du ihn mir vermittelt hast!«

Jan trank lächelnd den ersten Schluck.

»Noch mal: Deine Frau Schwab kann dir sehr dankbar sein.«

Nina zuckte mit den Schultern.

»Anfangs mochte ich sie. Sie kam mir so tough vor. Inzwischen denke ich, sie ist nur bauernschlau. Egal, sie bezahlt mich, und das ist die Hauptsache.«

»Du denkst aber nicht, dass wieder mal der Falsche von der Kripo verhaftet wurde, so wie letztes Jahr im Fall Elisabeth Bergmann?«, fragte Jan.

Nina schlürfte mit dem Strohhalm auf dem Grund ihres Caipi-Glases.

»Ich weiß nicht, was ich denken soll.«

»Du warst diejenige, die Florian Winter der Polizei ausgeliefert hat«, sagte Jan.

»Weil ich dachte, Ricci und er hätten ein Verhältnis. Aber wegen eines geklauten Liedes bringt man doch keinen um!«

»Es geht um viel Geld. Habgier ist ein starkes Motiv. Rache auch.«

»Aber weshalb musste dann Nadine Liebig sterben? Keiner interessiert sich für Nadine!«

Darauf hatte auch Jan keine Antwort.

»Du meinst also, Vera Schwab könnte es doch gewesen sein?«

»Du behauptest doch immer, dass Eifersucht ein starkes Motiv sei. Stärker als Rache oder Gier.«

Neue Gäste betraten das Smokys.

Ein kleiner, älterer Mann in einem Pullover mit Ringelmuster und zwei junge, wunderschöne, nur spärlich bekleidete Frauen. Sie begaben sich ans Ende des Tresens. Die Damen legten ihre teuren Handtaschen ab und das wenige, das sie noch am Leib trugen – bis auf die Tangaslips. Danach setzten sie sich auf die Barhocker. Alle anderen Gäste des Smokys starrten zu ihnen hinüber.

Nina winkte amüsiert den Barkeeper herbei.

»Wer sind die denn?«

»Ein Schönheitschirurg aus Hamburg, der führt hier öfter seine Modelle aus«, flüsterte er über den Tresen.

Der Chirurg orderte Champagner. Seine Damen und er waren die Aufmerksamkeit, die sie erregten, offenbar gewohnt.

Die Körper der Frauen waren makellos, keine einzige Operationsnarbe war zu erkennen. Ein junger Mann konnte zur Verärgerung seiner Freundin nicht aufhören, sie anzustarren, und geriet darüber mit ihr in einen heftigen Streit.

Die beiden Models begaben sich auf die Tanzfläche. Der Arzt schaute ihnen regungslos zu. Die Mischung aus Verruchtheit und Makellosigkeit war faszinierend.

Nina bestellte belustigt zwei weitere Caipirinhas und wandte sich Jan zu.

»Vera Schwab ist nicht die besorgte Ehefrau, als die sie sich die ganze Zeit ausgegeben hat. Sie tröstet sich schon länger mit einem anderen.«

Jan knallte sein Glas auf den Tresen.

»Sie hat einen Liebhaber?«

Nina beugte sich über ihr Glas und stocherte darin mit dem Strohhalm zwischen Crushed Ice und Rohrzucker.

»Seit wann weißt du das?«, fragte Jan.

Nina antwortete nicht.

»Du hast es aber wenigstens Mittermaier erzählt?«, fragte Jan.

Nina sog an ihrem Strohhalm und schüttelte den Kopf.

»Mein Gott, Nina, du weißt genauso gut wie ich, dass Frau Schwab dann doch etwas mit dem Mord an ihrem Mann zu tun haben könnte!«

»Eine Frau wie die lässt sich doch scheiden!«, entgegnete Nina.

»Vielleicht hat sie einen für sich ungünstigen Ehevertrag geschlossen und wollte lieber alles erben! Was weiß ich!«, erboste sich Jan.

Die nackten Frauen legten sich ihre feinen Paschmina-Schals über die Schultern, nahmen ihre Handtaschen und folgten ihrem Chirurg, der einen Zweihundert-Euro-Schein auf den Tresen legte, zum Ausgang.

Der DJ spielte erneut »Get Lucky«. Nina griff Jans Hand, um ihn auf die Tanzfläche zu ziehen. Jan machte sich mit einer heftigen Bewegung los.

»Wir müssen sofort mit Mittermaier reden!«

FREITAG

Vera Schwab vernahm im Halbschlaf das wiederholte Läuten an der Tür. Sie öffnete die Augen und beobachtete Frank, der sich eilig eine Hose und ein T-Shirt überzog.

»Guten Morgen«, sagte sie lächelnd.

Franks Versuch, das Lächeln zu erwidern, geriet zu einem Grinsen.

Es klingelte erneut.

Vera setzte sich im Bett auf.

»Willst du nicht aufmachen?«

Frank hastete durchs Zimmer und nahm etwas aus einer Schublade, bevor er die Tür seiner Wohnung öffnete.

Als Vera Kommissar Mittermaiers Stimme vernahm, sprang sie auf. Es gelang ihr gerade noch, ein schmutziges T-Shirt von Frank überzuziehen, bevor der Kommissar, Nina Wagner und Anwalt Andresen im Zimmer standen. Der Kommissar entschuldigte sich knapp für die Störung am frühen Morgen und verlangte Franks Ausweis zu sehen.

Vera bemerkte den abschätzigen Blick, mit dem der junge Anwalt Franks ziemlich vermülltes Zimmer musterte. Nina Wagner ließ sie nicht aus den Augen.

Der Kommissar hielt immer noch den Ausweis in den Händen, als er Vera fragte, seit wann sie ein Verhältnis mit Frank habe.

»Erst seit Kurzem«, antwortete Frank anstelle von Vera und bot den Eindringlingen an, sich zu setzen und Kaffee zu kochen.

Mittermaier blickte in die offene Küche und auf den Tisch am Sofa, auf dem die leere Whiskey-Flasche und schmutzige Gläser standen.

Frank raffte die Kleider von den Sesseln. Dabei rutschte sein T-Shirt hoch. Vera unterdrückte einen Schrei: Hinten in Franks Hosenbund steckte eine Pistole.

Die anderen hatten offenbar nichts bemerkt.

Sie ließ sich auf die Kante des Bettes sacken und hielt sich die Hände vors Gesicht. Atmen, dachte sie, atmen. Frank war der Mann, dem sie in der vergangenen Nacht gestanden hatte, dass sie ihn liebte. Dass sie mit ihm leben wollte.

»Frank!«, wollte sie sagen, bekam jedoch keinen Ton heraus.

Frank bot den Besuchern die Sessel an, doch sie wollten lieber stehen bleiben.

»Wo waren Sie vorgestern gegen einundzwanzig Uhr?«, fragte der Kommissar.

»Hier!«, antwortete Frank.

Mittermaier wandte sich an Vera.

»Können Sie das bezeugen?«

Sie nickte, während sie langsam ihre Jeans unter dem Bett hervorholte und anzog.

Gegen einundzwanzig Uhr am Mittwochabend hatte sie vor Franks verschlossener Wohnungstür gestanden und gewartet. Bis er weit nach zweiundzwanzig Uhr endlich kam. Er war niedergeschlagen gewesen. Vera begriff, weshalb.

Sie stieg in ihre Schuhe und erhob sich mit zitternden Knien. Sie blickte zu Frank, der sie anstarrte.

»Wenn ich darüber nachdenke, dann warst du vorgestern etwas länger unterwegs. Bis nach zweiundzwanzig Uhr. Wir sollten da nicht aus Versehen etwas Falsches angeben«, sagte Vera.

Mittermaier, Nina und Andresen richteten gleichzeitig ihre Blicke auf Frank.

»Also: Wo waren Sie am Mittwoch um einundzwanzig Uhr?«, fragte Mittermaier.

Frank schlug sich gegen die Stirn, als wäre es ihm soeben eingefallen. »Stimmt ja, ich hatte einen Job. Um einundzwanzig Uhr habe ich noch einen Gig aufgebaut.«

»Wo?«

»In Lüneburg«, antwortete Frank. »Sie können gern den Veranstalter anrufen. Ich habe die Nummer in meinem Handy gespeichert.«

Frank griff nach hinten in die Hosentasche seiner Jeans. Im nächsten Augenblick hielt er die Pistole in den Händen und richtete sie auf Mittermaier.

»Frank!«, sagte Vera beinahe tonlos.

Er blickte sie kurz und voller Bedauern an.

»Waffe weg!«, befahl der Kommissar.

Frank reagierte nicht.

Mittermaier forderte Nina Wagner, Jan Andresen und Vera auf, sofort das Zimmer zu verlassen. Nina stand dort wie erstarrt, bis Jan sie mit sich nach draußen zog. Vera blieb.

Frank fuchtelte mit der Pistole herum.

Mittermaier begab sich einen Schritt auf ihn zu.

»Bleiben Sie stehen!«, schrie Frank. »Ich schieße!«

Mittermaier machte noch einen Schritt.

Frank schoss dicht neben ihm in die Tür.

»Raus hier! Los!«

Mittermaier riss die Hände hoch und ging langsam rückwärts in Richtung Ausgang.

Frank schnappte sich Vera und hielt ihr die Waffe an den Hals.

»Wir hauen ab!«

Er zerrte sie mit sich nach draußen, in Richtung seines Autos.

Aus den Augenwinkeln sah Vera, dass Nina und Jan in Mittermaiers Auto saßen und gebannt zu ihr und Frank blickten.

Mittermaier folgte Frank und Vera mit erhobener Waffe und in sicherem Abstand. Immer wieder forderte er Frank auf, Vera loszulassen. Oder die Pistole wegzuwerfen. Vergeblich.

Frank öffnete die Tür seines Autos und stieß Vera hinein.

Nina war es, die das Radio, das leise im Wagen des Kommissars lief, lauter drehte. So laut, wie es ging.

Sie ließ die Scheibe ihres Seitenfensters herunter.

»Auf allen vieren ins Glück« schallte plötzlich über den Innenhof. Frank fuhr herum und richtete die Pistole auf das Auto, in dem Nina und Jan saßen, so, als wolle er dieses Lied töten.

Mittermaier schoss ihm die Waffe aus der Hand.

Frank ging unter Schmerzen zu Boden.

Vera stieg langsam aus dem Auto.

Sie presste die Hände gegen die Ohren.

Bis Nina das Lied endlich abgestellt hatte.

SONNTAG

Das Licht des Vollmonds warf eine silberfarbene Bahn über die Mündung der Trave. Der Himmel war besetzt mit tausend Sternen. Es sah aus, als würden auch auf der Ostsee Sterne glitzern, doch es waren die Lichter der vielen Boote, mit denen die Menschen hinausgefahren waren, um von hier aus das große Feuerwerk zu erleben.

Nina ging über den voll belegten Parkplatz vor dem Maritim. Zwei Fahrer standen sich in ihren Autos dicht gegenüber und hupten, nachdem sie vergeblich versucht hatten, noch eine freie Lücke zu finden, und nun keiner dem anderen ausweichen wollte. Andere fuhren auf, jetzt gab es kein Entkommen mehr.

Jan wartete am Eingang der Residenz mit einer Flasche Wein in der Hand. Nach einer kurzen Umarmung betraten sie den Eingangsbereich des Maritim. Als Jan dem Pförtner erklären wollte, dass es ihm erlaubt war, vom Notbalkon der siebenundzwanzigsten Etage aus das Feuerwerk zu beobachten, winkte der Pförtner wohlwollend ab und öffnete ihnen die Tür zu den Fahrstühlen.

Auf dem Balkon hatte der Eigentümer der Wohnung, der verreist war, extra für diesen Zweck einen kleinen Tisch und zwei Stühle bereitgestellt. Jans Vater war es gewesen, der ihm diese schöne Wohnung vor Jahren verkauft hatte.

Nina lehnte sich über die Brüstung und blickte zu den tausend Lichtern der Travemünder Woche. Jan entnahm seinen Jackentaschen zwei Gläser und öffnete die Flasche. Auf der Mole standen dicht aneinandergedrängt Menschen, sämtliche Stufen zum Strand waren besetzt. Nur noch wenige Minuten lang würden sich die großen Discokugeln über den Bühnen zum hämmernden Sound der Musik drehen, dann begann das große Abschlussfeuerwerk.

Plötzlich wurde es so still, als hätte jemand in ganz Travemünde den Strom abgeschaltet. Im nächsten Moment stieg mit einem lauten Knall die erste Rakete über der Trave in den Himmel hinauf. Sie ging auf Höhe des Balkons, auf dem Nina und Jan standen, zu einer roten Blume auf, die in tausend Sternen verglühte. Eine zweite folgte. Klassische Musik erklang und mischte sich in die Begeisterungsrufe.

»Als wäre es nur für uns gemacht«, sagte Jan.

Das dachten jetzt wohl fast alle, die im Maritim Wohnungen besaßen. Wie es wohl wäre, ständig in diesem Hochhaus zu leben?, überlegte Nina.

Jan hatte das Thema gemeinsame Wohnung in den letzten Tagen nicht mehr angesprochen. Sollte sie beunruhigt sein?

Er reichte Nina ein Glas und stieß mit ihr an.

»Wir haben hier schon einmal gestanden«, sagte er.

Nina erinnerte sich. Es war kurz nach dem Abitur gewesen. Sie war damals so verliebt in Jan gewesen, dass sie heimlich auf ein Blatt Papier seinen Nachnamen hinter ihren Vornamen setzte. Immer wieder schrieb sie *Nina Andresen.* Bis ihr Jans Name so gut von der Hand ging, als wäre es der ihre.

War sie heute wieder so verliebt in Jan wie damals? Ja.

Nina blickte über die Ostsee, über der die verglühenden Feuerwerkskörper dichten Nebel gebildet hatten. Es war, als wären die vielen kleinen Boote auf der Ostsee verschwunden. Unwillkürlich fasste sie an die Brusttasche ihrer Jeansjacke, in der das Foto ihres Vaters steckte. Plötzlich war Nina sich sicher, dass er dort unten unter all den Menschen war. Vielleicht hatte sie ihn sogar schon gesehen, so wie die Wahrsagerin Rosa Rialto ihn gesehen hatte.

Ein Goldregen stieg auf. Er flog dicht auf Jan und Nina zu und hielt sich lange am Himmel, bevor er verglühte.

Jan legte seinen Arm um Ninas Schulter.

»Wenn du möchtest, können wir uns die Wohnung ansehen, von der ich dir neulich erzählt habe.«

Nina umfasste Jans Hüfte und blickte über den Ort, den sie liebte.

Travemünde.

Songtext

Auf allen vieren ins Glück

Wir haben reichste Jugend
gemeinsam geteilt.

Lang vorbei der Sturm,
wir sind jetzt mittelalt.

Der rote Horizont drängt
nicht mehr nach Abenteuer.

Die schöne Sicht allein
sänftigt das alte Feuer.

Her mit frischer Tat,
dass die Jugend verblasst.

Doch die täglich Sicht
auf meine Hausschuhe drängt
nach rauschhafter Kur.

Die alten Platten lassen wir
im Keller verstauben.

Denn die Nostalgie würde uns
der Frische berauben.

Auf allen vieren ins Glück.
Auf allen vieren ins Glück.

Ricci – ein Sommergetränk

Rezept:

2 cl Campari
2 cl Vodka
2 cl Orangensaft

Mit Soda auffüllen, Eiswürfel dazugeben.
In ein hübsches Glas füllen und eine Orangenscheibe auf den Rand stecken.

www.riccibell.de

Danksagung

Ich danke der Crew des Emons Verlages, die dieses Buch wieder so liebevoll betreut hat. Mein Dank gilt auch Carlos Westerkamp, der das Manuskript hervorragend lektoriert hat. Außerdem danke ich meinen Kölner Freunden und Kollegen Andreas Izquierdo und Andreas Heckmann (dos Andis) dafür, dass sie mir im Sommer 2013 im Café Niederegger in Lübeck mit nur drei witzigen Kommentaren meinen ursprünglich geplanten Plot »zerschlagen« haben.

Ich danke meinem großartigen Sohn Jan-Martin, der den wunderbaren Song »Auf allen vieren ins Glück« für diese Geschichte schrieb. Und ich danke meinem Mann, der meine Liebe zu Travemünde teilt und mich ermutigt hat, auch dort einen Schreibtisch aufzustellen.

Anmerkungen

Dies ist ein Roman.

Ähnlichkeiten mit lebenden oder verstorbenen Personen oder mit wahren Begebenheiten sind rein zufällig und nicht von mir beabsichtigt.

Das einzige Ereignis, das in ähnlicher Weise stattfindet, ist die von mir in veränderter Form geschilderte und als Rahmenhandlung dienende Travemünder Woche.

Ich versichere, dass ich keine in meiner Geschichte vorkommenden Personen, Begebenheiten und Institutionen diskreditieren oder diffamieren möchte.

Anke Gebert

STURZ IN DEN TOD

Broschur, 176 Seiten

ISBN 978-3-89705-988-7

»Psychologisch raffiniert komponiert und fesselnd zu lesen – und das ganz ohne Anleihen aus dem grausigen Serienkiller-Thriller-Kabinett.« Lübecker Nachrichten

»Ein gesellschaftskritischer Krimi, der nicht nur viel norddeutschen Lokalkolorit bietet, sondern auch ein vielschichtiges, tiefgründiges Bild seiner handelnden Charaktere.« Hamburger Abendblatt

www.emons-verlag.de